JN258440

漱石と日本の近代（上）

石原千秋

新潮選書

漱石と日本の近代　（上）　目次

はじめに　9

序章　漱石的主人公の誕生　15

主人公には二類型ある／山の手の作家・夏目漱石／彼らは何について考え続けるのか

教育と資本――『坊っちゃん』　43

「家屋敷」を売る長男／売り払われた「家柄」／資本としての学歴／「物理学校」というステイタス／「赤シャツ」のプライド／差別する〈坊っちゃん〉／常識人としての〈坊っちゃん〉／〈坊っちゃん〉の山の手志向

主人公と観察――『草枕』　76

主人公のいない小説／写生文としての『草枕』／観察の不可能性／「朦朧」と見る／誘惑する那美

女性と自由――『虞美人草』　102

時代の中の『虞美人草』／ポスト＝女学生小説／『虞美人草』はなぜ失敗したのか／

京都からはじまる物語／博覧会という事件／「私は商品だ」と、藤尾は決心した／二四歳、藤尾の嫉妬／「謎」は世界の中にある／語り手は遠慮している

事実と意味――『坑夫』 139
小説と写生文／自分を書くこと、あるいは意味の遅れ／漱石のジェンダー・トラブル

言葉と都市――『三四郎』 155
故郷から遠く離れて／三四郎のいるべき場所／故郷を失った男たち／三四郎の視線／自己を知らない三四郎／つくられる「女の謎」／三四郎の恋、美禰子の恋／翻訳する男たち、そして美禰子の結婚

法と権力――『それから』 194
近代的自我に目覚める代助の恋／三千代の恋の物語／次男坊・代助の物語／代助の文明批評／誰に「実を云うと」と語っているのか／代助の知らない代助の欲望／「隠居」を考える長井得／父の批判者としての代助／ブルジョワジー・長井代助／結婚の方へ

下巻　目次

因果と時間――『門』
恋愛と偶然――『彼岸過迄』
家族と権力――『行人』
利子と物語――『こころ』
沈黙と交換――『道草』
顔と貨幣――『明暗』
おわりに

漱石と日本の近代　（上）

はじめに

近代が終わろうとしている。近代文学も終わろうとしている。漱石文学も終わろうとしている。学部の卒業論文で漱石を論じてからもう四〇年近くも漱石文学とかかわってきて、こういう日が来るとは思ってもいなかった。しかし、二一世紀に入ったあたりから、その兆しは見えていた。そもそも、社会のなかでの文学の位置づけが変わったのだ。

批評家の柄谷行人が、内面を書くような近代文学は終わったという趣旨の発言をしたことがある。その講演のなかで、かつて社会のなかで小説が担っていた役割について、次のように言っている。難しいことではない。

> 小説は、「共感」の共同体、つまり想像の共同体としてのネーションの基盤になります。小説が、知識人と大衆、あるいは、さまざまな社会階層を「共感」によって同一たらしめ、ネーションを形成するのです。(『近代文学の終り』インスクリプト、二〇〇五・一一)

「想像の共同体としてのネーション」とは、国家は実体としてあるのではなく、人々が国家はあるのだとイメージする、そのイメージにすぎないと考えるベネディクト・アンダーソンという政治学者の説を踏まえている（『増補　想像の共同体――ナショナリズムの起源と流行』白石さや・白石隆訳、NTT出版、一九九七・五）。そこで柄谷は、かつて小説には人々を広く「共感」させる力があり、ということは、人々にある程度共通した「共感」の範囲があり、その「共感」が「想像の共同体としてのネーション」の基礎を作ったと言うのである。つまり、現代では人々がバラバラになり、「共感」するための感性の共有がなくなってきていることになる。

その現代人について、柄谷はこう言っている。

そこには、他者に承認されたいという欲望しかありません。たとえば、他人がどう思うかということしか考えていないにもかかわらず、他人のことをすこしも考えたことがない、強い自意識があるのに、まるで内面性がない、そういうタイプの人が多い。

柄谷の言う失われた「内面」とは、自分のことだけでなく、他者のことも考えることができる深みを持った心のことである。現代人が「他人がどう思うかということしか考えていない」とは、他人のことを考えているのではなく、他人という鏡に映る自分のことを考えているにすぎないという意味だろう。現代人がこういう心のあり方を持っているとしたら、たしかに「共感」

の共同体」は成り立たないだろう。
「現代人」の一人として思い当たる節はないだろうか。私はこの一節を読んだとき、「これは漱石文学の主人公たちのことかもしれない」と思ったのだ。漱石文学は早く生まれすぎた「現代人」を書いていたのかもしれない。それだけでもいま漱石文学を論じる意味があろうというものだが、漱石文学は、この閉塞的な「現代人」が他者に向けて自分を開く可能性をもがくように書き続けてもいた。この本で論じたいのはこの両面なのである。それは近代人のなかに「現代人」を読み、さらに「現代人」の可能性を読むことだ。
「現代人」の可能性はいったいどこにあるのだろうか。それは意識と無意識のはざまではないかというのが、漱石文学の答えだった。これは、自己と他者のはざまと言い換えてもいい。どういうことだろうか。

言葉を例に考えてみよう。私たちは言葉を聞いたり読んだりしたとき、その意味を聞き、そして読んでいる。しかし、実際に私たちが耳で聞き、目で読むのは、声であり文字である。声や文字から意味を読んだとき、私たちは言葉を理解したと思うだろう。その時、声や文字は忘れられている。この場合の声や文字を無意識に、意味を意識にたとえることができる。言いたいことはこうだ。私たちは無意識を見ている。そしてその無意識から意識を導き出している。そうでなければ、私たちは無意識という概念を理解することはできないはずである。

ポーの『盗まれた手紙』に関する有名な講義を参照してみよう。講義をしたのは、フランスの精神分析家ジャック・ラカンである（『エクリI』宮本忠雄ほか訳、弘文堂、一九七二・五）。

『盗まれた手紙』のストーリーを簡単に紹介すると、こうなる。

ある国の王妃宛の手紙がD大臣によって彼女の目の前で公然と盗まれたが、その手紙にはD大臣が権力を持てるような重要な内容が書いてあった。そこで、警視総監から手紙を取り戻すことを依頼されたデュパンは、D大臣の部屋の誰にでも目に付きそうな状差しからその手紙を取り戻し、警視総監の小切手と交換したのだった。

この話の要点は二つある。一つは、この重要な手紙が二度までも人目に付きそうなところで盗まれたということ。二つは、この手紙の内容が一切明かされないということである。手紙はそのことによってこそ、無限の力を発揮できたのだ。

いうまでもなく、この手紙は無意識の比喩である。世界が膨大な量の情報として姿を見せる現代において、私たちは自分のほしい情報の束として世界を見るしかなくなっている。その時、世界は私たちの無意識の顔をしてはいないだろうか。あたかも、この手紙のように。現代では、無意識はこのようにして権力となる。

漱石が手紙使いの名手だったことを思い起こしておきたい。手紙に現れる書き手と読み手の共同性を、漱石は実にみごとに浮かび上がらせている。その極点に位置するのが『明暗』である。『明暗』はそれまでの漱石のどの小説とも似ているし、どの小説とも似ていない。『明暗』における無意識の書き方はそれまでの小説とはちがっている。『明暗』には漱石の文学的転回がはっきりと刻印されている。この本では、『明暗』が漱石最後の小説となったからではなく、漱石文学が書いた「現代人」の可能性をこのような意味において読みたいのだ。

朝日新聞社の専属作家となった漱石は、朝日新聞のマーケットだった東京の山の手に住む男性知識人と都市中間層とに向けて山の手の家庭を書き続けた。この時代の山の手はまちがいなく「現代」の原型となった場所である。だから、「現代人」の可能性もそこにあった。人の意識と無意識はある程度社会的条件に規定される以上、漱石文学が書いたのは私たちの意識と無意識だったのである。

いま漱石文学を読みながら、私たちは私たち自身に向けて歩き始めようとしている。

はじめに、いくつかお断りをしておこう。

漱石文学からの引用はすべて新潮文庫を用いた。一般的には岩波書店の『漱石全集』を用いるのかも知れないが、この全集には大きな問題がある。この全集は、原稿が残されていない一部の小説をのぞいて、小説はすべて原稿を活字化しているからである。単行本にする時に、新聞連載時の本文に漱石自身が手を加えたところさえ、巻末の「校異」には載せているものの、本文では無視している。それは同時代の読者が読んだ本文ではない。その本文を用いて、同時代の文献や資料を参照して漱石文学を論じるのは滑稽というほかない。

その滑稽を犯すくらいなら、いっそのこと一般読者に読みやすい新潮文庫を用いた方がいいと考えた。他の文庫にしなかったのは、新潮文庫がもっとも漢字を残していて（平仮名に開いていなくて）、もともとの本文のテイストが感じられるからである。

一方、同時代の文献や資料は研究論文の方式、すなわち新漢字・旧仮名遣いとした。こちらは時代的な価値を重んじた。ただし、強調するための傍点や圏点は省略した。それは、この時代の文章は傍点や圏点だらけで、強調したいポイントがわからず、現代から見ればうるさいだけのものが少なくないからである。こうしたちぐはぐさはあるが、これは私の好みの問題でもある。なお、引用文の傍点や傍線は、特に断らない限り、私が施したものである。

この本は全体として「漱石と日本の近代」というテーマでゆるやかにつながっているが、それぞれの小説について独立した評論として読めるようにも配慮した。たとえば、参照した文献の書誌事項は、同一の章の中で二度以上出てくれば「前出」としたが、章がちがえば改めて書誌事項を書いておいた。また、論述上の多少の重複もあえて残しておいた。

引用文の書誌事項について西暦と元号が混在しているが、分析の枠組みに関するものについては西暦、漱石文学とその同時代の文章に関しては元号とした。その方が違いがはっきりするのと、私は漱石の時代は元号でないとピンとこないからである。

そして最後に。性別について、私の地の文においては「男性・女性」とせずに、ほとんどの場合「男・女」とした。いまとは語感がずい分ちがうから乱暴な感じを受けるかもしれないが、その方が漱石の生きた時代の感覚に近いと考えたからである。漱石の時代の語感で小説が読めたらどんなにいいだろうと思う。かなわぬ夢だろうけれども。

以上のような私の好みとわがままについて、お許し願いたいと思う。

序章　漱石的主人公の誕生

男性的主体は固有名の偶然性をファルス（父の名）によって「運命」へ転化するが、女性的主体はたえざる偶然に曝され続け、決して運命をつかむことがない。（東浩紀『存在論的、郵便的』新潮社、一九九八・一〇）

主人公には二類型ある

漱石的主人公は、なぜあのように無為徒食の者が多いのだろう。それでいて、彼らは当代最高の教育を受けながらその社会的な役割を果たさないことで、その存在自体が社会への批判となるロシア文学の「オブローモフ」のような存在でもある。この主人公たちは、どのようにして誕生したのだろうか。この問題は文学理論上のテーマでもあるが、近代日本が抱えていた歴史的な特質も深く関わっていた。だから、漱石的主人公の誕生の理論的・歴史的経緯を明らかにすることは、「漱石と日本の近代」という大きなテーマにとって避けられないプロセスなのである。

「近代文学はいつからか」という問いには、近代日本ではじめて「言文一致体」で書かれた二葉亭四迷『浮雲』(明治二〇年〜二二年)からと答えるのがかつては定石だったが、二一世紀に入った頃からだろうか、「明治四〇年前後の自然主義文学が一気に開花した頃から」と答える研究者や評論家が増えてきたようだ。

ちょうどその頃から、東京都心の人口がほぼピークに達したことを根拠の一つとして、私も「近代文学は明治四〇年頃からはじまった」という説明を学生にしてきた。それは自然主義文学の開花だけでなく、夏目漱石の登場が大きな意味を持つ。このことを考えるために、「言文一致体」とは違った角度から二葉亭四迷『浮雲』について考えておきたい。

『浮雲』はこういう物語である。

東京で当時憧れの職業だった役人をしていた青年・内海(うつみ)文三が、課長の不興を買ってクビになったところからはじまる。彼は親戚の園田家に家賃を払って住んでいて、園田家の娘・お勢に学問の手ほどきもしていたのだった。一方、彼の友人・本田昇は如才なく振る舞うようで、課長の覚えがめでたい。失職した当初は文三をののしる母親から彼をかばっていたお勢は、次第に本田へと関心を移していく——。このあとの説明の都合上、これくらい簡略にしておこう。

『浮雲』の主人公は誰かという議論があるが、そもそも主人公とは何だろうか。

坪内逍遥が『小説神髄』で小説(ノベル)においては「主人公の設置」が必要だと唱えたのは明治一八年のことだった。それまでの日本文学は主人公というはっきりした概念を持っていなかったから、小説の中心となって出来事を意味づける主人公を「設置」しなければ戯作の近代化

（これが逍遥の目標だった）はできないと考えたのだ。それは、読者が感情移入するポイントを作る意味もあったろう。感情移入ということ自体が、まだ一般的ではなかったからである。

しかし、近代的知識人の原型ともされてきた『浮雲』の内海文三は「反主人公（アンチ・ヒーロー）」だとする、小森陽一の興味深い説がある。小森は『浮雲』の後半における文三のお勢についての思索は「妄想」でしかないとしたうえで、こう結論づけている。

> 同時代の主人公（ヒーロー）が持つあらゆる要素を拒否することで生まれた内海文三は、ここで「反主人公（アンチ・ヒーロー）」としての独自の構造と構成力を獲得するのである。『浮雲』という作品が、同時代の小説の水準を大きく抜き出ることができた内在因は、「反主人公（アンチ・ヒーロー）」文三と、彼に即して物語を語り進める独自な口調を持った語り手の登場にあった。（「文体としての自己意識――『浮雲』の主人公――」『文体としての物語』筑摩書房、一九八八・四）

『浮雲』以前の物語における主人公の資格は、社会的に成功して女に惚れられることだった。したがって、はじめから「免職」した男として登場し、物語が進行するにつれてお勢にも見捨てられそうな文三は、それまでの文学の水準を参照すれば主人公にはなり得なかった。そこに『浮雲』の独自性があり、圧倒的な新しさがあったが、そのために二葉亭四迷はお勢の心変わりを「妄想」する文三の自意識を語る語り手の扱いに苦労したと言うのだ。言い換えれば、内海文三の「免職」と女に惚れられない設定は、物語として同時代的なリアリティーを持ち得なかったので、二葉亭四迷は文三の社会的条件ではなく、自意識にリアリティーを与える新しい試みに挑戦せざるを得なくなったことになる。

内海文三が主人公の資格を具えていない理由はもう一つあると、小森陽一は言う。現代ではユーリー・ロトマンというソ連時代の文学理論家の説に従って、〈主人公とはある領域から別の領域へ移動する人物〉だとする説明が一般的だろう（『文学と文化記号論』磯谷孝編訳、岩波書店、一九七九・一）。たとえば、ＮＨＫの「連続テレビ小説」は〈少女から女へと移動（成長）する人物〉を数十年繰り返して放映している。これが、ロトマンの言う主人公の典型である。この説に従えば、『浮雲』の主人公はお勢だと言うのだ。

お勢の心変わりが文三の「妄想」にすぎないとは、どういうことだろうか。小森陽一が注目するのは、はじめ近く、お勢の生い立ちを紹介する次の一節である。

其頃新に隣家へ引移ッて参ッた官員は家内四人活計で細君もあれば娘もある。隣づからの寒暄の挨拶が喰付きで親々が心安く成るにつれ娘同志も親しくなり毎日のやうに訪つ訪れつした、隣家の娘といふはお勢よりは二ッ三ッ年層で優しく温藉で父親が儒者のなれの果だけ有ッて小供ながらも学問が好こそ物の上手で出来る、いけ年を仕ても兎角人真似は輟められぬもの況てや小供といふ中にもお勢は根生の軽躁者なれば尚更。倏忽其娘に薫陶れて起居挙動から物の言ひざままで其れに似せ急に三味線を擲却して唐机の上に孔雀の羽を押立る。

重要なのは、お勢を「根生の軽躁者」（生まれつきの軽薄者）としているところだ。明治維新後に新しく生まれた「官員」は憧れの職業だった。お勢はその「官員」の娘にかぶれて、それまで親の勧めるままに習っていたお稽古事を止め、「学問」を習い始めたのである。これがこれ以降の物語を読む枠組となって、お勢が内海文三の言葉に素直に従うようになるのも、「官員」だった彼にただかぶれただけだと、小森陽一は読む。

したがって、こういう結論になる。お勢は文三に恋などしておらず、そうである以上、お勢の気持ちが本田昇に傾くのは、今度は本田昇にかぶれただけなのである。だから、自分に恋していたお勢が心変わりをしたと感じるのは、文三の「妄想」でしかない。つまり、お勢はもともと文三に恋などしていなかった。お勢は〈内海文三的な学問に価値を置く領域から、本田昇的な立身出世に価値を置く領域に移動する人物〉なのである。したがって、主人公の資格を具えているのはお勢だと言うのである（「〈語り〉の空白／〈読者〉の位置――他者の原像――」『構造としての語り』新曜社、一九八八・四）。

お勢こそが主人公の資格を具えているとする『浮雲』理解が、内海文三に近代的知識人の「原像」を見てきた『浮雲』研究に与えたインパクトは大きかった。しかし、『浮雲』後半になって小説の前面にせり出してくる内海文三を主人公と見なさないこともむずかしい。

『浮雲』の後半になって、二葉亭四迷はこの内海文三の内面を書くことにそれまでにない魅力を感じて、物語が必要とする以上にのめり込んでいってしまったが、内海文三を新しい主人公として『浮雲』を終えるだけの力量はなかったとも言われている。小森陽一はそういう説も踏まえて

「反主人公」とするようだが、だとすると、それ以後の近代文学は「反主人公」ばかり書いてきたことになってしまう。おそらく私も含めて、「反主人公」という言葉が魅力的すぎて、内海文三は主人公ではないと理解してしまったのだろう。しかし、小森の言いたかったのは、文三は「反主人公」という名のまったく新しい「主人公」だったということにちがいない。

そこで、お勢のように〈ある領域から別の領域へ移動する人物〉を「物語的主人公」と限定的に呼ぶことを提案したい。小説にはもう一つの主人公の型があるからだ。それは〈〜について考える人物〉である。内海文三はもっぱら〈お勢について考える人物〉である。こうした〈〜について考える人物〉の典型は漱石文学後期三部作の近代的知識人と呼ばれてきた主人公たちで、須永市蔵（彼岸過迄）、長野一郎（行人）、「先生」（こころ）である。こうした人物を「小説的主人公」と呼ぶことを提案したい。「物語的主人公」＝変化する主人公、「小説的主人公」＝思索する主人公と言えば平凡にすぎるだろうか。「物語的主人公」は偶然に親和性を持ち、「小説的主人公」は必然に親和性を持つことも付け加えておこう。

もちろん、主人公はこの二つの型にはっきりわけられるわけではなく、多くの場合、一人の人物が両方の性格を具えているが、そのどちらかに偏っているのがふつうだろう。このように主人公を二つの類型に分けてみると、近代文学が理解しやすくなりはしないだろうか。たとえば、日本文学に特徴的とされる私小説の主人公は、身辺に起きたことについていろいろ思い、そして考えるから、「小説的主人公」の性格をより多く具えているというように理解すればいい。そうすれば、彼らが白樺派を経由した、漱石文学後期三部作の主人公たちの末裔であることも見えてくる。

『浮雲』が未完なのか完結しているのか、その判断は簡単にはできないが、もし『浮雲』の終わりが終わりには読めないとすれば、それはなぜだろうか。最後の一節を引用しよう。

　が、兎に角物を云つたら、聞いてゐさうゆゑ、今にも帰ッて来たら、今一度運を試して聴かれたら其通り、若し聴かれん時には其時こそ断然叔父の家を辞し去らうと、遂にかう決心して、そして一と先二階へ戻つた

これだと「其時こそ断然叔父の家を辞し去らう」がクローズアップされて、内海文三が園田家を出るのか出ないのかが、予想される直近の終わりとなるだろう。その後がどうなるのかがわからない限り、物語はまだ終わってはいない。

ではオープンエンディングと理解すればいいのだろうか。これがオープンエンディングだとわかることは、私たち読者が因果律に囚われていることを雄弁に物語っている。因果律は原因（はじまり）と結果（終わり）によって構成されるが、原因よりも結果の重みによって成り立っている。そして、結果が書かれていないと判断しない以上、オープンエンディングだとは読めないからである。結果が書かれていないことは、内海文三の内面に物語を統括するだけの因果律が存在していないことをも意味する。

こうした主人公と物語との関係を、坪内逍遙は理解していたふしがある。『小説神髄』から引用しよう。

畢竟小説の旨とするところは専ら人情世態にあり一大奇想の糸を繰りて巧に人間の情を織なし限なく窮なき隠妙不可思儀なる源因よりしてまた限なく定りなき種々さま〴〵なる結果をしもいと美しく編いだして此人の世の因果の秘密を見るがごとくに描きいだして見えがたきものを見えしむるを其本分とハなすものなりかし。

主人公は、因果律を統括する資格と条件を持つ。小説において、登場人物の誰を主人公とみなすかは読者に任されている。このことは、主人公の数だけ因果律が存在することを意味する。したがって、小説にはいくつもの物語が仕舞い込まれていると言える。

誤解のないように言い換えると、内海文三は主人公でないから因果律を統括していないのではない。逆に、内海文三の内面が因果律を統括していないから彼は主人公たり得ないように見えるのだ。その結果、『浮雲』は未完に見えるのだ。この場合の因果律とは物語上の因果律のことである。

因果律は直進する時間（この言い方は比喩にすぎないが）を大前提としている。結果は必ず原因のあとに来るものだと考えるからである。それは、進化論の時間と同じ質の時間である。坪内逍遙が「設置」することを提案した主人公とは、進化論的パラダイムの産物だったのだ。主人公という概念は進化論とパラダイムを共有しているのである。

東浩紀の言う「男性的主体」をこうした主人公論の文脈に引きつければ、すなわち「物語的主人公」のことだということになる。彼ら「物語的主人公」たちは何かを始め、それに決着をつける。つまり、原因と結果を構成する力を持っている。すなわち、因果律の中心となる力を持っている。彼らが作り出した結末は、世界の中に位置づけられるだけの意味を持っている。彼らは自分と「父の名」＝世界とを接続して、「偶然」を「運命」＝「必然」にすることができる。読者も、彼らをそのような人物として読む。

一方、「進化」しない主人公もいる。すなわち、〈ある領域から別の領域へ移動する人物〉ではない人物である。それが〈～について考えるだけの人物〉、すなわち「小説的主人公」なのだ。この人物は物語世界の諸要因を、進化論的な時間軸にそって因果律でまとめ上げる義務を負っていない。ただ、〈～について考え〉ればそれでいい。読者にとっても彼らの思索を因果律でまとめ上げることはむずかしい。

では、世界の中に自分の位置を構成することができない「小説的主人公」は、いったい何によって自分の存在意義を実感することができるのだろうか。漱石文学において「小説的主人公」がはっきり姿を見せるのは後期三部作においてだが、この主人公たちは、まさにその実感が得られないことにこそ苦悩していたのではなかったか。それは、当時としては高度に知的な不安だったと言っていい。彼らの悩みが「近代的知識人の苦悩」に見えるのには、こうした理由があった。だから「小説的主人公」の歴史的な成立過程を考えるためには、漱石的主人公の誕生について考えなければならない。

山の手の作家・夏目漱石

夏目漱石が朝日新聞社に入社した明治四〇年頃は、日本の文化にとって一つの転機となる時期だった。文学もまたそういう時期にさしかかっていた。

明治四〇年頃の東京は、あまり適切な言い方ではないかもしれないが、「高級な文化」が花開く時期だった。それは、ある一定のエリアに四つの条件が揃ったからである。第一は資本が集中すること。第二は知識人が集まること。第三は知識人の生み出した文化を享受できる教育を受けた中間層が生まれること。第四はあり余る時間があること。どれも教育制度の充実が関わることがわかる。そこで、この時代に近代文学も一気に開花した。

千年前の平安京がまさにそうだった。中国の文化を身につけた知識人たちが、それらを咀嚼して日本独自の物語を編み出し、物語文学や日記文学など世界に冠たる平安文学を生み出した。明治四〇年頃の東京もまたこの四つの条件を満たしたのである。夏目漱石の作家デビューはこの時期だから、とても幸運だったと言っていい。

明治二〇年頃、坪内逍遙が『小説神髄』において小説の書き方として「模写」を説き、二葉亭四迷が『浮雲』でそれをなんとか実践してみせた。目指したのはヨーロッパ一九世紀のリアリズム小説だったが、それが実を結ぶにはまだまだ日本の文化は未熟すぎた。

結局、「模写」の技術は写真の影響を強く受けた写生文を生み、そして「平面描写」（田山花袋）へと姿を変え、自然主義文学として一気に開花したのが明治四〇年前後だった。明治四二年には『スバル』、明治四三年には『白樺』と『第二次　新思潮』が創刊されるという具合に、すぐさま反自然主義文学による自然主義文学包囲網ができるほどに、近代日本の文化状況は成熟していた。

朝日新聞社はこの機を逃さなかった。それは具体的には、東京の山の手へのシフトである。明治維新以前の山の手は、参勤交代で江戸に滞在する大名屋敷のあったエリアで、武家地と呼ばれていた。町人の住む下町はそれとは対比的に町人地と呼ばれていた。「朝日新聞」は、はじめこの下町に住む商人を購読者層とする、商業記事に特徴のある新聞だった。しかし、東京の山の手が明治三〇年代に住宅地として開発され、そこに日本のエリート層や中産階級（中産階級とは言ってもまだ人口の数パーセントにすぎなかったから、現在の中産階級の「原型」と言うべきだろう）が住み着くようになると、朝日新聞社は将来性のある新しいマーケットとして山の手に狙いを定めた。

その旗印として白羽の矢を立てられたのが、夏目漱石だった。漱石は当時さまざまな作風を自在に書き分けられる有望な新進の作家として注目されていたし、東京帝国大学講師という肩書きも山の手知識人に見合っていた。漱石自身が山の手出身だったということも幸いしただろう。

この朝日新聞社の戦略はみごとにあたって、漱石の入社によって「朝日新聞」のステイタスは一気に上がった。だから、「朝日新聞」の専属作家として入社してからの漱石は、山の手の中産階級に向けて山の手を舞台とした小説を書き続けた。それが漱石に期待されたことだったたし、漱石の仕事でもあった。

山の手の作家・漱石の文学には、二つの大きな特徴がある。

一つは、家族小説を書き続けたことである。明治三〇年代に「家庭小説」というジャンルが大流行するが、漱石の書いた小説は「家族小説」と呼んでおきたい。それは、漱石の小説が明治三一年に施行された、いわゆる明治民法を強く意識して書かれているからである。戦前の家族は、この明治民法によって規定されていた。

江戸時代の武士や公家の慣習を基本とした明治民法を現在から見れば、妻を「無能力」とする規定があるなどあまりにも封建的という感じはぬぐえないが、制定までの過程で闘われた「法典論争」では「民法出デテ忠孝亡ブ」（穂積八束『法学新報』明治二四年八月）とまで言われた、ある意味で革新的な民法だったのだ。それは、家族の間に権利と個人の概念を持ち込んだからである。長く封建制度下にあった日本人は義務意識が強く権利意識が弱かったし、共同体の論理に従うことをよしとしてきたが、家族同士の関係を法で規定する以上、権利と個人の概念を導入することは避けられなかった。

漱石文学の特徴は遺産相続から始まる物語が多いことである。明治民法に規定された遺産相続は、条件によって例外はあるものの、実質的に長男単独相続である。たとえ権利という言葉を使っていなくても、遺産相続を規定することは長男個人の権利を規定することにほかならない。単独で遺産を相続する権利を得た長男には家族の扶養の義務を課したが、これを家族から見れば、扶養される権利となる。もっとも、こういう規定が意味を持つのは相続する財産がある階層だけである。それが、「朝日新聞」がマーケットとして狙いを定めた山の手の中産階級だった。

明治の第一世代から第二世代への世代交代が行われて遺産相続が発生し、それが明治民法の下で行われることによって権利意識が生まれはじめたのがちょうどこの時期ではなかっただろうか。漱石は明治民法によって家族関係に持ち込まれた権利が、現実にはどのような姿で働くのかを執拗に書き続けた。その一方で、政治集会への参加さえ禁止され、社会的に疎外された当時の女性、「無能力」と規定され、家族の権利からも疎外された当時の女性がどういう生き方を強いられるのかも執拗に書き続けた。これが、山の手の作家・漱石にとっての「近代」だった。

　漱石文学のもう一つの特徴は、就職しない東京帝国大学出身者を書き続けたことだ。彼ら（言うまでもなく、当時の大学は男子のみの高等教育機関だった）は、家の財産や遺産によって無為徒食の生活が可能になっている。だからこそ、彼らは「近代的知識人の苦悩」を存分に悩むことができたのだ。それは、近代が中産階級に与えた時間の有効な過ごし方だった。もっと言えば、高級な娯楽だった。だから漱石文学、特に『こころ』は社会の特権階級だった旧制高等学校の学生にもっとも読まれる本になったのである。旧制高等学校の学生は『こころ』を読み、紙の上で悩みのレッスンをしていたのだろう。

　注意しなければならないのは、漱石的主人公たちはこの〈知〉の使い方それ自体に疑問を持ち、そして疲れ恐れていることだ。

> 白状すると僕は高等教育を受けた証拠として、今日(こんにち)まで自分の頭が他(ひと)より複雑に働らくのを自慢にしていた。ところが何時かその働らきに疲れていた。（『彼岸過迄』）

「人間全体が幾世紀かの後に到着すべき運命を、僕は僕一人で僕一代のうちに経過しなければならないから恐ろしい。（中略）要するに僕は人間全体の不安を、自分一人に集めて、そのまた不安を、一刻一分の短時間に煮詰めた恐ろしさを経験している」（『行人』）

高等教育がもたらす〈知〉への恐怖。これもまた近代の抱えた問題だった。

しかし、別の観点から漱石文学の主人公たちの無為徒食の生活について考えてみると、そこには労働への忌避が見えて来はしないだろうか。ここで言う労働とは、被雇用者としての労働である。近代化の指標の一つに、労働人口に占める被雇用者の割合が挙げられる。この割合が高いほど近代化が進んでいると見なされるわけだ。漱石自身、随筆『硝子戸の中』（大正四年一月一三日〜二月二三日）の初回にこう書いている。

> 私は電車の中でポッケットから新聞を出して、大きな活字だけに眼を注いでいる購読者の前に、私の書くような閑散な文字を列べて紙面をうずめて見せるのを恥ずかしいものの一つに考える。（中略）彼等は停留所で電車を待ち合わせる間に、新聞を買って、電車に乗っている間に、昨日起った社会の変化を知って、そうして役所か会社へ行き着くと同時に、ポッケットに収めた新聞紙の事はまるで忘れてしまわなければならない程忙がしいのだから。

漱石が、自分の小説の読者として（男性の）サラリーマンしか想定していなかったらしいことがよくわかる一節だ。そういう読者へ向けて、下級官吏である『門』の野中宗助と、大学教授である『行人』の長野一郎を数少ない例外として、「無為徒食の知識人」を主人公とした小説を書き続けたことにはどのような意味があったのだろうか。実は、『硝子戸の中』を書いた後の漱石は、おそらくは大学教授を主人公とした『道草』、まさにサラリーマンを主人公とした『明暗』を書くのだ。働かずにただ〈～について考える〉だけの人物から、働きながら考える人物へ。これは「漱石の文学的転回」とは言えないだろうか。

この「漱石の文学的転回」から逆算して見えてくる、『硝子戸の中』以前の小説にある労働への忌避の感覚の意味も考えておかなければならないようだ。被雇用者の割合が近代化の度合いを示すことはイギリス留学で見ていたはずだから、労働忌避の感覚もまた漱石にとっての「近代」だったにちがいないからだ。

少し先を急ぎすぎたようだ。漱石的主人公誕生の歴史的経緯について、もう少し大きな観点から見ておこう。

彼らは何について考え続けるのか

話は進化論からはじまる。

明治の初期、日本に進化論が大変な勢いで入って来ると面白いことが起きた。生物に雄・雌があるならば人間にも男・女があるではないか。近代日本の男性知識人はそう気づいたのだ。それまで男性知識人は、極端に言えば、女を自分たちと同じ人間だとは思っていなかったから、これは「両性問題」という大問題となった。たとえば、大鳥居弃三・澤田順次郎『男女之研究』（光風館書店、明治三七・六）には次のような一節がある。

吾人は、前章に於て、男子と女子との大体の差異を説明したり。然れども、男子と女子とは、本来、絶対に相異るものにあらで、等しく、これ、人類なり。男といふも、女といふも、単に、人類に於ける性の別にして、若し、その性の如何といふことを取除きなば、両者、共に、同じ人類として取扱はれざるべからず。

まちがったことは言っていないのだが、こういうことを強調しなければならなかったことには驚いておいてもいい。この文章は、女を男と同じ「人類」だとは思っていない読者を想定して書かれているからである。その「女」が男性知識人の知の地平に姿を現しはじめたのだ。

近代文学は資本主義の申し子だから、常にフロンティア、すなわち未知の領域を必要とする。「両性問題」の発見によって、近代文学は女という名のフロンティアを手にしたのである。ただし、この時点での「女」とはより多く「女の体」のことだった。

それはこういう事態をも招くことになった。

男と女は生物学的に体の仕組みが違うのだから、できることも違うだろう。すなわち、男の体は外で働くことに適していて、女の体は家の中で働くことに適していると考えたのである。もちろん、これに根拠はない。しかし、生物学と言えば当時は「学問」の代名詞だったから、これを飛躍ではないかと「学問」的に批判することは難しかった。それが、後に良妻賢母思想を生む背景だったのである。

良妻賢母思想が儒教道徳観の強い影響下に成立したことは否定できないが、生物学という最新の「学問」の裏付けもあったのだ。だから、良妻賢母思想は当時として新しい思想だったのである。事実、専業主婦は労働で汚されない「白い手」を手に入れることができるという意味で、女の憧れの地位だったのである。専業主婦になるためには夫がサラリーマンでなければならないが、当時の労働人口において、サラリーマンは五パーセント程度だった。その意味でも、サラリーマンは女の結婚相手として、近代を象徴する西洋流の「新しい」地位だった。

それが、明治四〇年代になると青鞜に集うその名も「新しい女」たちが、良妻賢母思想を儒教道徳観に縛られた古い思想だと批判しはじめた。それも、また一面の真理を突いていた。すなわち、良妻賢母思想は新しくて、同時に古かったのである。また少し先を急ぎすぎたようだ。

いずれにせよ、女が「問題」として急浮上した事実は動かせない。その女という名のフロンティアは、明治三〇年代になると二つの文学ジャンルを生み出した。

一つは家庭小説である。一家の主が家族と一家団欒の時間を過ごすこと自体が新しい経験だった。「スイートホーム」はこの時期の流行語となったのである。もう一つは女学生小説である。しかし、男性知識人は、高等女学校に通う教育を受けた女が身近にいる日常をはじめて経験した。この時期の男性知識人の関心事は「女の体」をめぐるものだった。

この女学生小説のテーマこそは「女の体」だったからである。当時女学生小説を読む「読者の期待」は、女学生が堕落することにあった。女学生小説とは、読者がどうやって女学生が堕落するのかを楽しみに読む小説だったと言っても過言ではない（菅聡子『メディアの時代――明治文学をめぐる状況――』双文社出版、二〇〇一・一一）。当時の「堕落」とはセックスをして妊娠することだった。それが「堕落女学生」なのだ。田山花袋の『蒲団』（明治四〇年）は広い意味での女学生小説と見ることができるが、ヒロインの横山芳子が主人公の竹中時雄に「先生、私は堕落女学生です」と始まる手紙を出すのは、端的に「私はセックスをしました」という意味である。女学生小説の時代の「女」は、まだ「女の体」なのだ。

　それを「女の謎」、すなわち「心」の問題にパラダイムチェンジしたのが漱石文学だった。思えば、『浮雲』の内海文三もお勢という「女の謎」に悩まされ続けた主人公だった。近代文学にはそのはじめから「女の謎」が組み込まれていて、それが文学の中心的なテーマとなる条件が整ったのが漱石の時代だったのかもしれない。

　明治三〇年代頃から『婦人の心理』というような、女の心に関する本が数多く刊行されるようになった。その中の一つ、正岡藝陽『婦人の側面』（新声社、明治三四年四月）には次のような一節がある。

> 女は到底一箇のミステリーなり、其何れの方面より見るも女は矛盾の動物なり、されば古来未だ嘗て女に就て確固たる鉄案を下し不易の判決を与へたるものなし、嗚呼人類は到底不可思議なり、女は最も解し難きものなり。而して我は今女の半面を究め、其秘密の幾分を闡明（せんめい）せん

とす。
「女は到底一箇のミステリーなり、其何れの方面より見るも女は矛盾の動物なり」とある。「～の動物なり」というフレイズは当時の決まり文句なので、女を動物に見なして特に蔑視しているわけではない。ポイントは「ミステリー」や「矛盾」である。女は体の問題ではなく心の問題であると言っているのである。この時代から徐々に「心」が問題になり始めてきていることがわかる。ただし、結局はそれがわからないと言うのだ。すなわち、女の自我を統一的に把握できなかったのである。あるいは、女は統一的な自我を持つ存在とは認識していなかったのである。

漱石文学をよく読んでいる読者ならば、「矛盾」という言葉に思い当たるはずだ。『三四郎』の主人公である小川三四郎が、上京して同郷の先輩・野々宮宗八を東京帝国大学の研究室に訪ねたあと、池の端にしゃがんでいる場面である。里見美禰子が三四郎の前を不思議な動作をしながら通り過ぎると、三四郎は一言「矛盾だ」とつぶやく、あの場面だ。三四郎は〈この女の仕草には統一的な意味があるとは思えない〉と言っているのである。三四郎が口にした「矛盾だ」という言葉は、当時の男性知識人に共通する女の見方を表している。

女も少しずつ表現するようになっていた。田山花袋『蒲団』から引用しよう。

　芳子は女學生としては身装(みなり)が派手過ぎた。黄金(きん)の指環をはめて、流行を趁(お)つた美しい帯をしめて、すつきりとした立姿は、路傍の人目を惹(ひ)くに充分であつた。美しい顔と謂ふよりは表情のある顔、非常に美しい時もあれば何だか醜い時もあつた。眼に光りがあつてそれが非常によく働いた。四五年前までの女は感情を顯はすのに極めて單純で、怒つた容（かたち）とか笑つた容（かたち）とか、三種、四種位ゐしか其感情を表はすことが出來なかつたが、今では情を巧に顔に表（あらは）す女が多くなつた。芳子も其一人であると時雄は常に思つた。

中年作家竹中時雄だから女の「表情」の変化が、読み取れたのかもしれない。この時代、女はこうした「表情」によって男との関係を生きぬいていかなければならなかった。「表情」の解読コードを十分に持っていなかった当時の男にとって、「女の謎」は増すばかりだった。幸か不幸か、漱石もまた女の「表情」に敏感に反応した作家の一人だった。

文学がこの「謎」を見逃すはずはない。こうして、「女の謎」が近代文学の新たなフロンティアとなった。繰り返すが、これは「女の体」の問題ではなく、「女の心」の問題である。

朝日新聞社の専属作家夏目漱石は、山の手の読者に向けて山の手を舞台とした小説を書き続けた。漱石文学のヒロインの多くは、明治三〇年代に、おそらくはミッション系の高等女学校を卒業しているようだ。漱石が明治三〇年代に大流行した家庭小説と女学生小説を意識しながら、それらを超えたポスト＝家庭小説、ポスト＝女学生小説を書くことができたのは、以上のような条件が整っていたからである。山の手の資産家を書く漱石文学には、明治民法を強く意識した遺産相続問題が多いことは前に述べた。漱石文学は家族小説＝明治民法小説と呼ぶこともできる。それが、ポスト＝家庭小説、ポスト＝女学生小説の両方の面をそなえていたのである。明治三〇年代の小説になじんでいた読者にとっても、読みやすかったはずだ。

漱石は山の手の文学を「女の謎」、すなわち「心」の問題としてテーマ化した。山の手に住む中産階級の男性知識人たちは、日常的に女と接する機会が少なかったので、彼らにとって「女は謎」だったからである。あえて言えば、山の手の作家夏目漱石にとって「女の謎」は高度に商品価値を持ったテーマだった。

さらに、漱石文学の男性知識人たちは、当時として最高の教育を受けたがために、そして時間をもてあましていたがゆえに、「自己とは何か」という答えのない問いに悩まされ続けた。柄谷行人の言う「この性」――世界でこの私は唯一の存在であるという「単独性」への確信が持てなくなっていたのである（『探究Ⅱ』講談社、一九八九・六）。「僕は高等教育を受けた証拠として、今日まで自分の頭が他より複雑に働らくのを自慢にしていた。ところが何時かその働らきに疲れていた」（『彼岸過迄』）。この一節は前にも引いたが、彼らは〈知〉の恩恵をこうむる者であり、同時に〈知〉の犠牲者でもあった。

こうした問いを抱えたこの不安定な自我に、安定した存在理由を与えてくれるのは「他ならぬこの私だけを愛する女の存在」だが、男性知識人は「女の謎」に悩み続けるしかなかった。漱石的主人公たちは、この不安を直視するのが恐ろしくて、女とまともに向き合うのを避けているとさえ思われるようなところもある。

漱石文学でも「女の謎」に悩まされ続けていたために運命が変わってしまうのが、『こころ』である。その『こころ』と同時代に刊行された白雨楼主人『きむすめ論』（神田書房、大正二年一一月）には、次のような一節がある。

知り得たるが如くにして不可解なる者は処女の心理作用である、言はんと欲する能く言はざるものは処女の言語である、問へども晰かに語らざる者は処女の態度である、知つて而して知らずと謂ふものは処女である、想ふて而して語らざるものは処女の特性である、不言の中に多趣多様の意味を語るものは処女の長所である

この時代の「処女」とは「未婚の女性」という意味である。「先生」は静をまさにこのように見ていたのだろう。この時代は若い女の礼法として、余計な動作をするな、余計なことは話すな、余計な表情を作るなといったことが言われていた。静はそういった礼法からはかなり自由に振舞っているが、女との交際に慣れていない「先生」は、そのために静が少し言葉を発すれば、これはどういう意味なのだろうかと考え続けなければならなくなった。そのように未婚の女を見ることは、何も「先生」に特有のことではなく、男性知識人としては一般的だった。

『こころ』は、「先生」が叔父さんに裏切られて人間不信に陥ったからお嬢さんも信じられないと、ふつうは読むのだろう。『こころ』という閉じられた小説の世界の中ではそれで「正解」だ。しかし、『こころ』を同時代的なコンテクストの中に置いてみると、多くの男性知識人は若い女をこう見ていたことがわかる。

若い女に苦労していたのは、漱石文学の主人公ばかりではない。当時の小説家自身が悩まされ

ていたのである。『新潮』は明治四三年八月から四四年二月にかけて、七回にわたって七人の作家の「会話を書く上の苦心」について書いたエッセイを掲載した。その中にいくつか興味深いところがある。

それで、会話も今の新しい婦人、例えば女学生などの会話を書くには困る。殆んど接する機会がないからどんな調子だかさつぱり分からない。だから女学生など書くことは苦痛だから、成る可く書かないようにして居る。（広津柳浪・四三年八月）

唯些つと困るのは女の会話である。殊に新しい時代の女には困る、それは単に会話が分らないと云ふのではなく、新しい女の心持ちが十分解らないから、従つてその会話を書くことが難しいのだ。（徳田秋声・四三年九月）

会話を書くのに苦心するのは、男より女、殊に若い女の会話である。（中略）女の会話になると然うは行かない。殊に今頃の新しい教育を受けた女などになると、接する機会も少ないし、それに昔の女――と云つても、今の年にして三十から四十ぐらゐの女――のやうに心持ちも単純でなく、いろ〳〵複雑した心理を含まれて居るから、従つて其複雑した心理の現はれて来る会話を書く事は実に困難である。（小栗風葉・四三年一〇月）

いずれも脂の乗り切った作家たちが、しかも女学生小説を書いてきた小栗風葉までもが、若い女の心がわからないからその会話を書くのに苦心すると告白しているのである。そして、それはそもそも若い女と接する機会が少ないからだと言うのだ。

なぜ若い男性知識人には若い女がこのように見えたのだろうか。それには、当時一般的だった恋愛観が強く影響していた。

男子と女子とは其の恋愛の趣を異にするなり、男子は女子を愛するが故に愛し、女子は男子に愛せらるゝが故に愛するを常とす（菊池武徳『女性学』東京堂、明治三九年九月）

女子は愛するよりも、多く愛せらるゝものなり、男は愛して幸福なり、女は愛されて幸福なり。これ愛に於て然るものなれども何れの場合に於ても女子は与ふるものにあらずして受くるものなり、これを書籍に就いて言はんか、男子は書くべきものなり、女子は読むべきものなり。（鈴木秋子『女子の見たる女子の本性』嵩山房、明治三八年五月）

「これを書籍に就いて言はんか、男子は書くべきものなり、女子は読むべきものなり」という件には、まるで「女は男のペン（ペニスの比喩）で書かれるものだ」と告発的に指摘したフェミニズム批評を読んでいるかのような趣がある。男は能動的で女は受動的という、いまでも名残のある恋愛観を露骨に言えば、次の引用のようになるだろう。

由来、婦人は撰定の地位に在らずして、被撰定の地位にあり、購買者の方にあらずして、売物の方なり（静陵女史『処女の良人観』人文社、明治三五年五月）

処女を以て一種の売物とするは少しく語弊がある、然れども現代思想から謂へば慥かに売物と云ふことが出来る（前出『きむすめ論』の十章の（ハ）「処女は一種の売物である」から引用）

つまりは、女は「商品」だと言うのである。買うのは男である。その男の手には商品を買うための「貨幣」が握りしめられているはずである。

貨幣とは何だろうか。次に引用するのは、岩井克人『貨幣論』（ちくま学芸文庫、一九九八・三）の一節である。この一節の「貨幣」を「男の主体」と読み換えてみてほしい。そして、女を商品、男をその買い手と呼ぶ非常識を少しのあいだ許してほしい。

貨幣を貨幣として今ここでひきうけてもらうためには、貨幣を貨幣としてひきうけてくれる人間が無限の未来まで存在しつづけることが期待されていなければならない。無限の未来にむけての期待のみが、今ここでの貨幣の貨幣としての価値を支えている。（中略）貨幣を手にもつ買い手は、商品を手にもつ売り手とちがって、みずからの主観を客観によって訂正するすべをもっていないのである。貨幣が無限の未来まで貨幣であるという期待とは、それゆえ、たんにそのときどきで主観的であるだけではない。それは、未来永劫にわたって客観性が確立されないという意味において、主観的であることを運命づけられているのである。すなわち、貨幣を貨幣として存立させる未来の無限性そのものが、貨幣の貨幣としての価値を支えていくひとびとの期待を必然的に主観的なものにしてしまうのである。

貨幣をさしだして商品を買うこと――それは、貨幣にまさに無限の未来にむけての「命がけの跳躍」を強いることなのである。

マルクスは商品が売れることを「命がけの跳躍」だと言った。いついかなる価格で売れるのかは買い手しだいで、商品はそれを待つしかないからである。しかし、貨幣論からみれば、買い手こそが「命がけの跳躍」を強いられているのだと言うのである。それはこういうことだ。

商品(この章の論理では「女」である)にとっていつ自分が買われるかは偶然に任せるしかない。しかし、買い手にとってはその商品を買うのは自分自身の主体をかけた選択の結果である。すなわち、なぜ買ったのかという必然性が問われる。そして、その主体がいつまでも買い手の必然的な選択であるための条件を保証するのは、無限の未来においても自分の主体が自分の主体であるという未来にむけての期待しかない。それが、買い手の主体というものなのである。

だとすれば、商品としての女を買うとき、主体が問われるのは買い手である男の側だということになる。買い手である男が、商品を買った必然性を問い続けなければならない理由はここにある。この必然性とは、言うまでもなく「運命」の別名である。自己同一性という神話に取り憑かれた近代人は、この悪夢を生き続けるしかない。

ところが、商品としての女は男にとって「謎」だった。自分が自分であり続けるためには、女という「商品」を買った必然性を問い続けなければならないが、その当の女こそが男の主体を不安定にするのだ。この不安定な自我に安定した存在理由を与えてくれるのは「他ならぬこの私だけを愛する女の存在」しかいないという、いわば「絶対矛盾的自己同一」とでも言いたくなるような難題が男性知識人にとっての女という存在だったのである。だから、男性知識人は女について考え続けなければならなかった。たとえば、「女は同時に二人の男を愛することができるのだろうか」という問いとして。それは、自分を信じるためにである。これが「女と自分との関係について考え続ける」ような「小説的主人公」が生み出された歴史的条件である。漱石的主人公の誕生は近代にとって必然だったのだ。

繰り返す。漱石は「女の謎」を書き続けた作家である。たとえば、『こころ』。「先生」が、あれほど静との結婚に逡巡するのは、叔父に裏切られて人間不信に陥ったという理由からだけではない。女という存在それ自体が、決して解くことができない「謎」だったからである。だから、「先生」の自我は不安定だった。それが、「先生」が言う「私だけの経験」の内実だった。〈Kについて考え続ける〉生活は、Kの恋の告白、そしてKの自死のあとにやってくる。「先生」こそは、「自分と女、自分とKとの関係について考え続ける小説的主人公」の原型だった。これこそが漱石的主人公である。

「女の謎」とは「心」の問題である。『こころ』の「先生」は思想は固有の経験から生まれるものだとも言う。ここには「人は誰でも一生に一篇は小説を書くことができる」という近代的な小説観の起源がある。『こころ』によって、近代文学は「個人に固有の経験と内面のセット」という無限のフロンティアを手にしたことになる。個人主義が尊重され、こうした小説観が生きている限り、『こころ』をはじめとする漱石文学は近代文学の頂点に君臨し続けるだろう。

教育と資本――『坊っちゃん』

「家屋敷」を売る長男

漱石は明治三一年に施行された、いわゆる明治民法を強く意識した家族小説＝明治民法小説を書き続けた。だから『坊っちゃん』でも、ことは明治民法に則って行われた。そのことを行った〈坊っちゃん〉の兄を読むことからはじめよう。

〈坊っちゃん〉の家では、母が亡くなった後、父と兄と〈坊っちゃん〉と「下女」の清の四人で暮らしていたようだ。その父が亡くなった後は、兄が遺産を相続した。明治民法第九七〇条に長男単独相続が規定されているからである。清はこれを不満に思って、〈坊っちゃん〉にこう言った。

あなたがもう少し年をとっていらっしゃれば、ここが御相続が出来ますものをとしきりに口説(くど)いていた。もう少し年を取って相続が出来るものなら、今でも相続が出来る筈(はず)だ。婆さんは何(なんに)も知らないから年さえ取れば兄の家がもらえると信じている。

どうやら清は明治民法を正しく理解しておらず、あるいは明治民法さえ知らず、ある年齢に達すれば相続ができると思い込んでいるようだ。その無理解か無知を指摘する〈坊っちゃん〉は明治民法を正しく理解している。「兄の家」という言葉が、〈坊っちゃん〉が家はすでに兄が規定に則って相続していると正しく理解していることを示している。ところが、九州に職を得た兄は、相続した家を売り払うことにした。それを説明する件に、明治民法の具体的な現れ方がよく示されている。

兄は何とか会社の九州の支店に口があって行かなければならん。おれは東京でまだ学問をしなければならない。兄は家を売って財産を片付けて任地へ出立すると云い出した。おれはどうでもするが宜かろうと返事をした。どうせ兄の厄介になる気はない。世話をしてくれるにしたところで、喧嘩をするから、向でも何とか云い出すに極っている。なまじい保護を受ければこそ、こんな兄に頭を下げなければならない。牛乳配達をしても食ってられると覚悟をした。兄はそれから道具屋を呼んで来て、先祖代々の瓦落多を二束三文に売った。家屋敷はある人の周旋である金満家に譲った。この方は大分金になった様だが、詳しい事は一向知らぬ。

〈坊っちゃん〉が「どうでもするが宜かろう」と返事をするのは、次男の彼には「兄の家」に関してあれこれ意見を言う権利がないからにほかならない。しかし、「どうせ兄の厄介になる気はない」とか「なまじい保護を受ければこそ」というところには含みがある。なぜなら、明治民法の第七四七条に「戸主ハ其家族ニ対シテ扶養ノ義務ヲ負フ」とあるからだ。長男単独相続によって遺産を独占した戸主には、いわばその代価として、家族を扶養する「義務」が課せられていたのである。これは家族からすれば大変強い「権利」だった。事実、扶養の義務を果たさない戸主に対して裁判を起こせば勝てたのである。だから、兄は次のような挙に出た。

　九州へ立つ二日前兄が下宿へ来て金を六百円出してこれを資本にして商買（しょうばい）をするなり、学資にして勉強をするなり、どうでも随意（ずいい）に使うがいい、その代りあとは構わないと云った。兄にしては感心なやり方だ。何の六百円位貰わんでも困りはせんと思ったが、例に似ぬ淡泊（たんぱく）な処置が気に入ったから、礼を云って貰って置いた。

　これは有り体に言えば、「扶養ノ義務」を免れるための手切れ金である。〈坊っちゃん〉にはそれがわかっている。だから、「兄にしては感心なやり方だ」という言い方には皮肉がこめられているはずだ。当時の貨幣価値を現在の貨幣価値に直すには、ほぼ一万倍すればいい。だとすれば「六百円」は六百万円ほどになるだろうが、〈坊っちゃん〉がこの資金で三年間下宿をしながら物理学校に通ったことを考えると、金銭感覚としては九百万円ほどだろうか。少なくはない額である。「礼を云っ」た〈坊っちゃん〉も感謝はしたのだろう、兄を「新橋の停車場（ていしゃば）」まで見送りに行っているのだから。

「家屋敷」がどれほどの金額で売れたのかにもよるが、兄がそのまま「扶養ノ義務」を履行すれば、〈坊っちゃん〉はさらに上級の学校に通えたかもしれない。つまり、物理学校（各種学校）ではなく、高等学校から東京帝国大学への道もあり得ただろうということだ。もちろん勉強嫌いの〈坊っちゃん〉からすればあくまで可能性にすぎないが、「六百円」に限定された「扶養ノ義務」が、〈坊っちゃん〉の将来を規定したことはまちがいのない事実だ。

兄は「六百円」でそれ以上の「扶養ノ義務」を免れ、〈坊っちゃん〉は「兄にしては感心なやり方だ」と皮肉な感じを抱くだけで「権利」を放棄した。これが「淡泊な処置」の内実だったのである。改めて確認すれば、この時この兄弟は明治民法を間にはさんで対峙し、「義務」と「権利」について、目には見えない駆け引きを行っていたのである。家族の間に「権利」と「義務」関係を持ち込んだ明治民法の、具体的な現れの一齣だと言える。

売り払われた「家柄」

「元は旗本」だという由緒ある「家屋敷」が売り払われて「資本」に形を変えたことは、どのような意味を持つのだろうか。いや、そもそもこの「資本」は何と呼ばれるべきだろうか。

若林幹夫はハンナ・アレントを踏まえて、「財産 property」と「富 wealth」を異なるものとして捉えるべきだと言っている。まず、「財産」について考えよう。

アレントによれば、「財産」とは人が世界の中で占める場所であり、その場所を占めることによって人はある社会集団の正規のメンバーとなることができる。（中略）日本でも、農村では耕作しうる土地をもつことが、都市では通りに面した町屋で独立した商工業を経営することが、本百姓や本町人という正規の社会構成員であること――世界の中で自分の場所を占めること――が可能になるための条件になっていた。（『漱石のリアル』紀伊國屋書店、二〇〇二・六）

若林幹夫は「場所」を「トポス」の意味で使っているが、文脈に即してわかりやすく考えれば、この「場所」は「社会的位置」とか「ステイタス」と言い換えることができそうだ。つまり、「財産」とは人の社会的位置を示す目印＝資格なのである。若林幹夫は「日本語の「家屋敷」という言葉は、こうしたものとしての財産のあり方を典型的に示している」と言っている。「家屋敷」とは、つまりは「家柄」なのである。したがって、「財産」とは固定的なものだと考えていい。

そう言えば、新潟県の地主だったらしい『こころ』の「先生」の父は、「書画骨董」を好む「比較的上品な嗜好を有った田舎紳士」だった。『行人』の長野一郎も書画や骨董に関して、高級官僚だった「父の薫陶から来た一種の鑑賞力」を持っていた。『門』の野中宗助の父も酒井抱一の屛風を残している。『それから』の長井代助の父は「誠者天之道也（まことはてんのみちなり）」と書いた額を大切にしている。彼らの「財産」は、彼らにある社会階層以上に許された高級な趣味（ピエール・ブルデューの言う「ハビトゥス」である）として身についていたのだ。漱石文学においては、これこそがまさにその人の社会的位置を示す目印＝資格だと言っていい。

　それに対して「富」は、それをいくら持っていても社会的位置を示す目印＝資格とはならない。せいぜい成金になれるだけである。「富」は流動的なもの、あるいは流動性を前提としたものだからだ。〈坊っちゃん〉の「家屋敷」が兄によって「ある金満家」の手に渡ったのは、「財産」が「富」に姿を変えていく近代社会を映し出していて、まさに象徴的だと言える。「家屋敷」を売り払った兄は学歴を資本とした給与生活者となり、〈坊っちゃん〉もまたそうした道を歩もうとしている。兄弟ともに、「富」の近代を生き抜こうとするわけだ。彼らの手にした「資本」は「富」と呼ばれるべきものだったのだ。

「富」という視座を手にすると、漱石文学に遺産相続から始まる物語が多いことには大きな意味があることがわかる。

『こころ』の青年の状況は、〈坊っちゃん〉と逆である。危篤の父を抱えて、やはり九州へ赴任している青年の兄は、次男の青年に向かって、東京から帰って来て「宅(うち)の事を監理する気はないか」と言い出す。世の中へ出ようと考えている青年は、「兄さんが帰って来るのが順ですね」と答える。長男であれば当然というわけだが、勤めのある兄は一蹴する。迫って来る家督相続を兄弟が二人して押し付け合っている。

　家督の相続は長男を家の中の特権階級に仕立て上げる一方で、彼をまちがいなく家に縛り付ける。ここには、明治の後期に本格的に形成された、「富」の近代を生きる都市中間層と、「財産」を継承しようとする家制度との葛藤の様態を見て取ることができる。彼らサラリーマンは、この二人の兄弟のように、土地から離れ自由に職業を選択する。それが、家制度を済し崩しに崩壊させてゆくのである。

一方、家督の相続に耐えかねるかのように逃げ回っているのが『虞美人草』の甲野欽吾である。甲野は、数ヶ月前に外国で急死した父の家督をすでに相続しているはずだが、かねて継母の連れ子である妹の藤尾に譲ろうと宣言している。彼はおそらく、遺産だけではなく、藤尾と宗近一とを結婚させたいという父の遺志をも取り次ごうという意図を持っていたに違いない。その意味で、欽吾は長男としての責任を半ば放棄しようとし、半ば果たそうとしている。

また、『彼岸過迄』の須永市蔵は、家督を譲られて一見楽隠居のような生活をしているが、母からすれば市蔵は夫が「小間使」に生ませた子であるために安心できずにいる。須永の母の不安は、ちょうど『虞美人草』の甲野の母の不安にも似ている。ただ、彼女のようなはしたない言葉を口にしないだけなのかもしれないのだ。

『それから』『行人』『明暗』の三篇の小説は、父の隠居による家督相続問題が物語の発端となっている。『それから』は、自分が隠居することで、次男の代助を扶養する義務を、新らしい戸主となる長男の誠吾に負わせることになるのは忍びないと考えた長井得(とく)が、代助と土地持ちの佐川との政略結婚を思い付いたようだ。父の隠居の意向がもたらす物語である。

『行人』は、父が隠居して間もない時期の家を描いた物語である。新しい戸主となった大学教授の一郎には、高級官僚だった父程の収入はない。そこで、家はその大きさに合わせて縮小されなければならなくなった。下女のお貞の結婚を急ぐのも、娘のお重の結婚を考えるのもそのためである。女達を、次々と家から放逐するのだ。そして、次男の二郎も家から出て下宿することになる。『行人』とは、長野家から家族が次々と外へ出てゆく物語だったのである。

『明暗』の津田由雄の父も隠居を考えているらしい。「土地」と「家」を見せて、「みんな御前の為だ」という父のはしたなさには、どこか馬の合わない長男を試すような気持があったのかもしれない。長男の由雄の感想は露骨である。「御父さんが死んだ後で、一度に御父さんの有難味が解るよりも、お父さんが生きているうちから、毎月正確にお父さんの有難味が少しずつ解る方が、どの位楽だか知れやしません」と。家督が完全に財産に還元されてしまえば、こうした言説になるしかないだろう。ここには、単なる遺産相続人としての長男がいるだけだ。漱石文学の長男たちから哲学や思想をすべて取り上げてしまったら、こうした寒々とした光景が現われかねないだろう。

〈坊っちゃん〉の兄が選んだのはこういう世界だった。これが由緒ある「家屋敷」が売り払われたことの意味であり、「富」の近代の光景なのかもしれない。

資本としての学歴

〈坊っちゃん〉の兄は、「金を六百円出してこれを資本にして商買をするなり、学資にして勉強をするなり、どうでも随意に使うがいい」と言った。これは、明治という新時代を生き抜く道を簡潔に言い表した言葉だった。

かつて評論家の中村光夫は、近代を「移動の時代」と呼んだ。日本が約三百の藩に細かく区切られ、人がその土地と結びつけられた時代が終わって、明治になってからは人々は地理的移動の自由を得た。また、戸籍には「華族」「士族」「平民」の別が記載されたから、完全ではないにせよ、士農工商の身分制度が廃止され、人々は階層移動の自由を得た。それが「移動の時代」の到来を告げたのである。しかしと言うべきか、だからと言うべきか、それは決して平穏な時代ではなかった。

西洋列強にいち早く追いつかなければならないと考えた明治政府は、個人の能力を最大限まで引き出そうと立身出世を煽った。人々も立身出世を夢みたが、それは猛烈な「生存競争」の時代の到来を意味した。たとえば、三輪田元道『家庭の研究』(服部書店、明治四一年九月)といった、女性の生き方を示す近代女訓もののたぐいをのぞいてみても、その「序」はいきなり「優勝劣敗、生存競争、及び適者独栄とは、社会の状態を説明するものなり」と始まっている。当時は、「現代は生存競争の時代ですから〜しなければなりません」といった語り口がごくふつうに使われていた。

その時代にものを言ったのが学歴だった。政府は福澤諭吉『学問ノスヽメ』を尋常小学校の副読本にして「学問」を奨励したが、まず「士族」が階層維持のために学歴を手に入れようとした。江戸時代の雄藩の城下町にいわゆる旧制高等学校が誘致されたのは、そのためでもあった。事実、初期の東京帝国大学の学生の過半は、総人口の五パーセントほどしかいない「士族」の子弟によって占められていたのである(次ページの**別表①**、天野郁夫『学歴の社会史——教育と日本の近代——』新潮選書、一九九二・一一)。

		明治23年	明治28年	明治33年
帝国大学	法	32	49	43
	医	59	36	68
	工	14	41	48
	文	25	28	51
	理	20	23	55
	農	44	44	54
高等学校		38	41	42
官立専門学校	医	65	65	73
	工	29	46	44
	商	51	52	57
	農	52	60	71
私立専門学校	法	72	67	66
	医	73	76	75
	文・理	40	56	65

別表①　卒業者内の平民出身の比率（%）
『学歴の社会史―教育と日本の近代―』より

　しかし、明治三〇年代半ばにこれが立身出世のコースとして確立すると、人々に進学熱が広がり、地方の地主の子弟など富裕層が中心とは言え、「平民」が半数を超えるようになっていった（**別表①**、および中山茂『帝国大学の誕生　国際比較の中での東大』中公新書、一九七八・一）。庶民が階層ジャンプのために学歴を得ようとしたのである。近代は教育を資本として、社会的地位がお金で買える時代としてやってきたのだ。あの無鉄砲な〈坊っちゃん〉が「おれは東京でまだ学問をしなければならない」などと思うのも、彼がまさにこうした時代の真っ直中にいたからだ。

　そもそも〈坊っちゃん〉の兄からして、新しい時代には「家柄」ではなく学歴が大事だと思ったからこそ、「商業学校」を卒業して「何とか会社」に職を得たのだろう。ただしこの「商業学校」は、平岡敏夫の調査によると「高等商業学校」（現在の一橋大学だが、この当時は「帝国大学」以外は「専門学校」の区分である）でなければ計算が合わない（平岡敏夫『「坊つちゃん」

の世界』塙新書、一九九二・一)。だとすれば、中学校と同列程度の「商業学校」ではなく、もう一つ上に位置する「高等商業学校」だからこそ得られた職だったのだろう。まちがいなく、学歴が資本となっていたのだ。

この時代の学歴差別や学校差別は、とうていいまの比ではなかった。たとえば月給に関しては、当時はこんな風に言われていた。

> 先づ学校をぽッと出の人の月給を云ふならば、帝国大学出身者は二十五円乃至四十円、高等商業学校及び慶應義塾、早稲田大学の出身者は十五円乃至三十円である。で現今の処では高等商業学校出身者が一般に最も受けが宜いのである。(渡邊光風『立志之東京』博報堂、明治四二年一〇月)

また、会社によって三井銀行は慶應義塾(これは福澤諭吉が関係していたから当然だが)、三井物産なら高等商業学校、日本郵船会社なら帝国大学という具合に、就職に有利な大学がいまよりはっきり決まっていた(前出『立志之東京』)。兄が「高等商業学校」を選んだのは、実業界で立身出世しようとするなら、ほぼベストの選択だったのだ。事実、「高等商業学校」は当時実業界で最も就職に有利な学校だった(前出『学歴の社会史』)。実際、「九州の支店」があるのなら、「何とか会社」は全国展開している大企業の可能性が高い。

「高等商業学校」を卒業して家を売り払った彼自身の選択と〈坊っちゃん〉への助言を見る限り、

兄が「家柄」で暮らしていける時代は終わったと考えたことはまちがいない。学歴を資本として生きようとする兄には、新しい時代がよく見えていたのである。

「物理学校」というステイタス

兄から六百円を受けとった〈坊っちゃん〉はこう考えた。

おれは六百円の使用法に就て寐ながら考えた。商買をしたって面倒くさくって旨く出来るものじゃなし、ことに六百円の金で商買らしい商買がやれる訳でもなかろう。よしやれるとしても、今の様じゃ人の前へ出て教育を受けたと威張れないからつまり損になるばかりだ。資本などはどうでもいいから、これを学資にして勉強してやろう。六百円を三に割って一年に二百円ずつ使えば三年間は勉強が出来る。三年間一生懸命にやれば何か出来る。

きちんとした人生設計を持っていたらしい兄と比べて、「今の様じゃ人の前へ出て教育を受けたと威張れない」から勉強しようというあたりがいかにも〈坊っちゃん〉らしく語られているが、それなりによく考えられている。

結局〈坊っちゃん〉は物理学校（当時は「専門学校」より格が落ちる「各種学校」）に入学する。「幸い物理学校の前を通り掛ったら生徒募集の広告が出ていたから、何も縁だと思って規則書をもらってすぐ入学の手続をしてしまった」と、失敗談の一つのような語り方をしているが、小川町に下宿していた〈坊っちゃん〉が、当時は小川町にあった物理学校にうっかり（？）入学手続きをしたのは自然な成り行きだったかもしれない。

物理学校は一年二学期制で、三年六学期で卒業だった。〈坊っちゃん〉の入学した明治三五年の学費は、第一学期が四円、第二学期が五円、第三・四学期が六円、第五・六学期が八円だったが、明治三七年に改訂されて、第一学期が六円、第二学期が七円、第三・四学期が八円、第五・六学期が九円となった。したがって、合計で三九円だったことになる。〈坊っちゃん〉は「学費の余りを三十円程懐に入れて東京を出た」のだから、三年間の生活費は〈五七〇円―三九円＝五三一円〉程度だったわけだ。これを月に均すと約一五円。「四畳半」の下宿だから家賃は高くはないはずで、まずまずの生活だったのだ。ところが、この三年間で卒業ということにはやや疑問がある。

物理学校は、日本で最初の理系の私立学校として設立されて物理教育を確立した名門で、現在の東京理科大学である。東京理科大学はいまでも卒業が難しいことで有名だが、この当時はやや度を超した難しさだったようだ。初期には生徒より教員の人数の方が多いことさえあったと言う。それくらい厳しい教育をした甲斐があって、物理学校の卒業生は優秀だと定評があった（馬場錬成『物理学校――近代史のなかの理科学生』中公新書ラクレ、二〇〇六・三）。〈坊っちゃん〉の時代でも、入学者の五パーセントから一〇パーセントほどしか卒業できなかった。

『坊っちゃん』では日露戦争の祝勝会が行われているから、小説中の現在は明治三八年と決まる。そこで〈坊っちゃん〉は明治三五年の入学で明治三八年の卒業とすると、入学時に二〇三名だった学生が卒業時には二五名しか在籍していなかった（東京物理学校『東京物理学校五十年小史』

一九三〇・一〇)。もっとも、これは在学中に検定試験に合格してさっさと中退してしまう学生もいたからでもあるらしいが、その数は多くはなかっただろう(日本教育科学研究所編『近代日本の私学――その建設の人と理想――』有信堂、一九七二・三)。物理学校が中学校教員無試験検定を受ける資格を得たのは「専門学校」に昇格した大正六年のことなので、〈坊っちゃん〉は試験を受けなければならなかったが、明治三八年に数学の合格者はいなかった。したがって、〈坊っちゃん〉は「無資格教員」だったのである(小野一成「「坊ちゃん」の学歴をめぐって――明治後期における中・下級エリートについての一考察――」『戸板女子短期大学研究年報』第28号、一九八五・一〇)。

物理学校創立に関わった中村恭平は夏目漱石とは旧知の仲だったので、漱石は物理学校の厳しさを充分知っていたはずだが、ちょっとしたいたずら心から〈坊っちゃん〉を規定の三年で卒業させたのだろうと、馬場錬成は推測している(前出『物理学校』)。

たしかに「席順はいつでも下から勘定する方が便利であった」ような〈坊っちゃん〉が規定の三年で物理学校を卒業することはあり得ない。しかし「卒業してから八日目に校長が呼びに来」て、「四国辺のある中学校で数学の教師がいる。月給は四十円だが、行ってはどうだと云う相談」を受けていることには注意しておいていい。校長自ら就職を斡旋したのである。現在なら「校長推薦」か「学校推薦」のような形である。物理学校の卒業生の主な就職先の一つは中学の教員だったから、悪くない話である。

少なくとも、〈坊っちゃん〉は校長に目をかけられる程度の学生ではあったことになる。しかも別表②にあるように（竹内洋『立身出世主義〔増補版〕――近代日本のロマンと欲望――』世界思想社、二〇〇五・三）、月給四〇円は、中学校教員としては帝国大学出身者の教員と同じ額で、もしかしたら会社員となった兄よりもいいかもしれないのだ。これも悪くない条件である。物理学校の現実とはかけ離れているが、フィクションとしてはそのような学生と理解しておくべきだろう。

帝国大学法学士	会社官庁	50円
帝国大学文学士	中学教員	40円
帝国大学工学士	会社（造船所など）	35円
高等商業卒業生	会社	35円
高等工業卒業生	会社	35〜40円
慶應卒業生	会社銀行	30円

別表②　高等教育卒業生の初任給（明治40年）
「新卒業生の需要」『教育時論』794号より

〈坊っちゃん〉は、こうして四国の中学校に数学教師として赴任した。漱石自身の経歴や彼の言葉などからそこは松山だとされているし、小説中の事実を手がかりに調べれば、やはり松山にたどり着く。それはこの当時の四国で、中学校と師範学校と軽便鉄道と有名な温泉と港がある県庁所在地の城下町は松山しかないからである。ただし、こうした情報は当時としても広く知られていたわけではないだろうし、「松山」とはっきり地名を書かないことにも意味があるだろうから、『坊っちゃん』を楽しみながら読むためには四国の城下町としておけば足りるだろう。しかし、『坊っちゃん』を論じるときには「松山」という地名が必要なこともある。

「赤シャツ」のプライド

四国の城下町の中学校にはただ一人帝国大学出身の学士がいた。

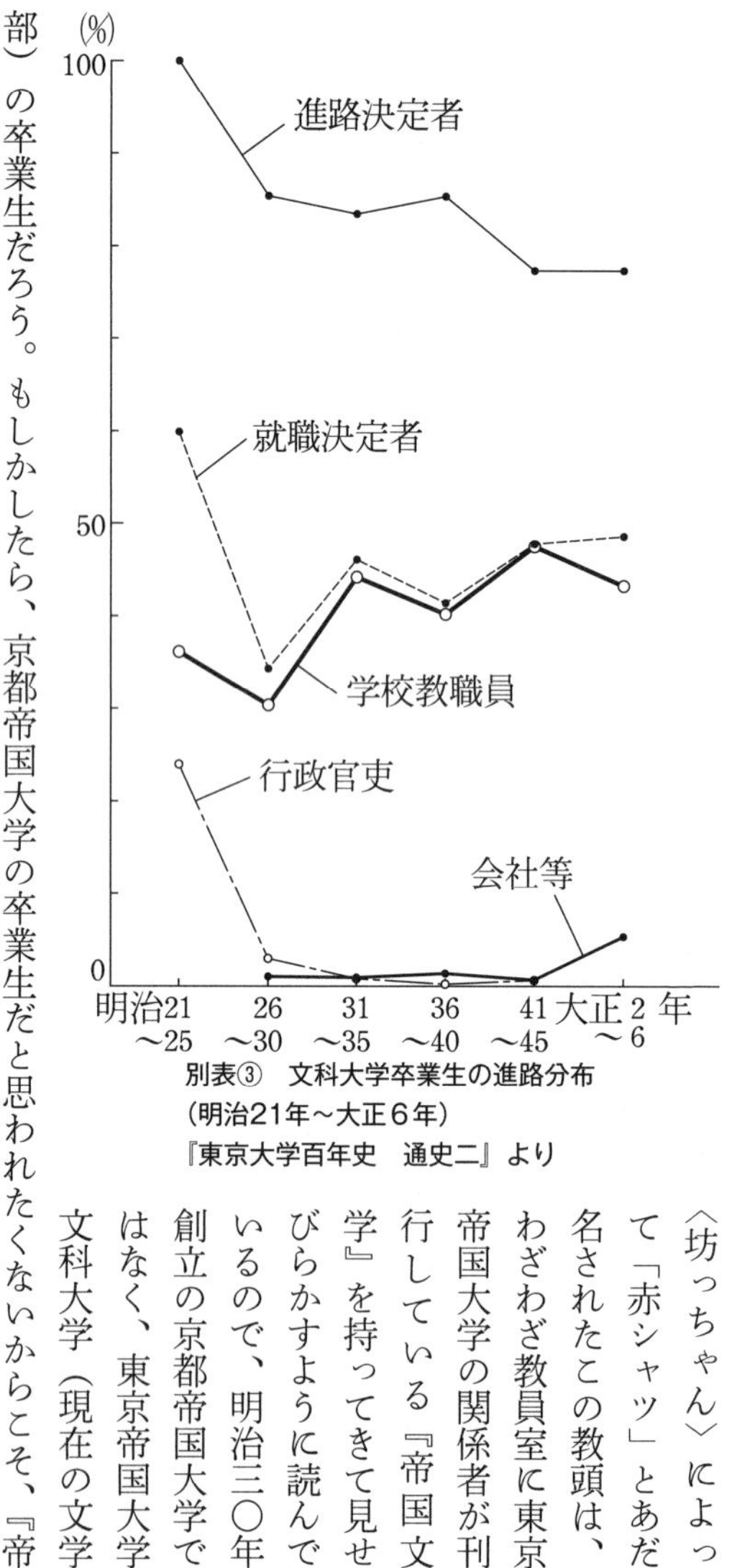

別表③　文科大学卒業生の進路分布
（明治21年〜大正6年）
『東京大学百年史　通史二』より

〈坊っちゃん〉によって「赤シャツ」とあだ名されたこの教頭は、わざわざ教員室に東京帝国大学の関係者が刊行している『帝国文学』を持ってきて見せびらかすように読んでいるので、明治三〇年創立の京都帝国大学ではなく、東京帝国大学文科大学（現在の文学部）の卒業生だろう。もしかしたら、京都帝国大学の卒業生だと思われたくないからこそ、『帝国文学』を見せびらかしていたのかもしれない。だとすれば、「赤シャツ」のプライドは「たった一人の学士」だけでなく、「京都帝国大学出身ではないたった一人の学士」という意識によって支えられていたのかもしれない。もう少し「赤シャツ」のプライドのあり方を探ってみよう。

別表③にあるように、東京帝国大学文科大学卒業生の多くは教職に就き（東京大学百年史編集委員会編『東京大学百年史　通史二』東京大学出版会、一九八五・三）、時代は少し下るが、次ページの**別表④**にあるように、その主な進路は中学校の教員だった（前出『立身出世主義［増補版］』）。その意味では、「赤シャツ」の進路は順当なものだと言える。しかも**別表⑤**（前出『学歴の社会史』）にあるように、中学校教員に占める帝国大学出身者の割合は六・四パーセントでしかなかったので、中学校教員としては十分な優越感を持てただろう。しかし、文科大学の卒業生は、帝国大学、帝国大学以外の大学、高等学校の教職に就いた者もかなりの数に上る。だとすれば、四国の城下町での中学校の教員は、必ずしも満足できる地位ではなかったは

進　路	人数
中学校・高等女学校校長（教師）	26
高等学校教授	13
帝国大学以外の大学教授*	11
専門学校・軍学校・高等師範教授	11
ホワイトカラー(官吏、団体職員など)	9
帝国大学教授*	5
専門職（僧侶・司書など）	3
不明	27
計	105

別表④　明治43年文科大学卒業生の進路
東京帝国大学文学部学友会『卒業者名簿』
1931年より（＊助教授を含む）

有資格教員	人数	%
高等師範卒	545	10.7
帝国大学卒	322	6.4
無試験検定	793	15.6
試験検定	1,568	30.8
小計	3,228	63.5
無資格教員	1,856	36.5
合計	5,084	100.0

別表⑤　中学校教員の出身別（明治38年）『文部省年報』より

ずだ。『こころ』の青年が、「地方の中学教員の口」を断わって、家族からも当然だと言われていることを思い起こしておいてもいい。

ただし、「赤シャツ」自身が「元来中学の教師なぞは社会の上流に位するもの」とするのは、教育が重視されたこの時代においてあながち見当はずれとは言えない。明治三八年当時、全国で中学校は二五九校、教員数は五一一三人、生徒数は一〇万四九六八人といった数字だったからである（文部省『学制百年史』帝国地方行政学会、一九七二・一〇）。教員の社会的地位の変化といった問題を問わなくても、現在、全国で八百校近くある大学（四年制）よりもステイタスが高かったことは想像に難くない。それでも「赤シャツ」のプライドに見合っていたかどうか。

おそらく、「赤シャツ」の心には「東京帝国大学の卒業生」という優越感と、「その中では決して恵まれた地位は得ていない」という不遇感とがない交ぜになっていただろう。世の中では、こういう人物がもっともめんどくさい。自分の屈折した心理を何らかの形で他人にぶつけるからだ。「赤シャツ」の場合は四国の城下町の中学校を支配すること、いや四国の城下町を支配することが彼のプライドに見合った形だったにちがいない。

〈坊っちゃん〉が四国の城下町の中学校に赴任したときには、「赤シャツ」と「山嵐」（堀田）の権力闘争の真っ最中だった。〈坊っちゃん〉は、数学科主任で生徒にも人気のある「山嵐」の後任の数学科主任にするために、「赤シャツ」一派によってこの城下町の中学校に招かれたのだ。したがって、そもそも〈坊っちゃん〉は抗争の主人公などではなく、脇役でしかなかった。抗争の主人公ではないのだから、〈坊っちゃん〉は負けてさえいない――。

おそらく多くの読者は『坊っちゃん』に江戸っ子〈坊っちゃん〉の爽快な活躍ぶりを読んできたにちがいないが、有光隆司は『坊っちゃん』からこういう構図を見抜いた（「『坊つちやん』の構造」『国語と国文学』一九八二・八）。この構図を踏まえると、「赤シャツ」と「山嵐」の抗争の原因となった、「うらなり」（古賀）と婚約状態にあった「マドンナ」（遠山の御嬢さん）への「赤シャツ」の横恋慕（？）は、意外に深い意味を持っていることがわかる。

〈坊っちゃん〉が下宿した萩野の家の「御婆さん」によると、「マドンナ」は「ここらであなた一番の別嬪さん」だと言う。もし「マドンナ」がこの町一番の美人でなければ、「赤シャツ」は横車を押しはしなかっただろう。社会学者ソースタイン・ヴェブレンの「見せびらかし効果」を持ち出すまでもなく（『有閑階級の理論　新版』村井章子訳、ちくま学芸文庫、二〇一六・一一）、近代は「富」や地位と美貌が等価交換される時代なのだ。美人は「富」や地位を持った男を手に入れることで自分の美貌を顕示し、「富」と地位を持った男は美人を手に入れることで自分の「富」と地位を顕示する。美貌と「富」や地位を見せびらかすことで、自分の社会的なステイタスを認めさせるわけだ。

「赤シャツ」の「マドンナ」略奪計画は、この四国の城下町でおそらくたった一人しかいない学士である自分こそが最も力がある人間だと人々に認知させ、それを誇示するための手段だと言っていい。それが成功したとき、「赤シャツ」の屈折したプライドはようやく満足できるのだろう。四国の城下町で繰り広げられる権力抗争は、「赤シャツ」の屈折したプライドが引き起こしたものかもしれない。そして、その屈折したプライドこそが近代の教育制度が生み出したものなのだ。こうした教育制度の負の側面を、〈坊っちゃん〉の感性が突く。

差別する〈坊っちゃん〉

『坊っちゃん』という「小説」の差別性をはじめて本格的に論じたのは、石井和夫だろう（「貴種流離譚のパロディ——『坊っちゃん』 差別する漱石——」『敍説』Ⅰ、一九九〇・一）。石井の論は副題にあるように「差別する漱石」にまで及ぶが、いま多くの論者が『坊っちゃん』を論じて「差別」の問題に触れている。自由を得た近代は、「他人とは違う」と自ら差異の線を引くことでしか自分の「この性」を確認できない時代でもある。それを差異といった穏やかな線ではなく、差別という強烈な線を引いて行ったのが〈坊っちゃん〉だったのである。だから、〈坊っちゃん〉の差別は近代を映しだしている。

『坊っちゃん』にはさまざまな差別の線が引かれている。〈坊っちゃん〉に即して言えば、〈俺が俺であり得るのは、あいつらとは違うからだ〉というアイデンティティの問題である。私たちが自分を自分と感じることができるためには、自分とはちがう存在という意味でも、その自分を認めてくれる存在という意味でも他者が不可欠だが、〈坊っちゃん〉は他者を批判することで自己のアイデンティティを実感できているわけだ。この手口を詳細に論じた生方智子は、次のような結論に達している。

「四国辺」という空間を否定の対象として見出し、それを暴力的に抑圧することによって自己同一性を獲得する「坊つちやん」は、植民地を支配することによって帝国主義国家としてのアイデンティティを獲得する「国民国家」日本のアレゴリーにもなるのだ。(中略)「坊つちやん」の「正直」さを肯定し、清の愛に共感する読者共同体は「国民」という想像の共同体と地続きなのである。(「国民文学としての『坊つちやん』」『漱石研究』第九号、翰林書房、一九九七・一一)

ポスト・コロニアリズム批評の嵐が吹き荒れ、「国民国家」を批判すれば論者自身が「政治的な正しさ」の安全地帯にいられた時代の論文だから過度に勇ましいが、ある種の示唆を得られることは事実である。

たとえば、〈坊っちゃん〉が兄を「女の様な性分」、赤シャツを「女の様」と形容する女性差別、清を「教育のない婆さん」と呼ぶ学歴差別、中学の生徒を「土百姓」という言葉で切り捨てる職業差別などなど、〈坊っちゃん〉の差別意識のあらわれは枚挙にいとまがない。このような差別主義者〈坊っちゃん〉の存在がある種の批評性を持つのは、生方智子が指摘しているように、〈坊っちゃん〉がついに「世間」を批判するからである。〈坊っちゃん〉の批評性を見る前に、彼の差別の構造を確認しておこう。

〈坊っちゃん〉の語り方には、彼の差別意識が露骨なまでに表れている。その中でも最も激しい差別が「田舎」「田舎者」差別であることは言うまでもない。例を挙げるまでもなく、『坊っちゃん』は全編挙げて田舎差別小説なのである。しかし、県庁所在地の松山は「田舎」だろうか。そうではないだろう。〈坊っちゃん〉自身も「狭い都」と書いているように、松山は「地方都市」と呼ばれるべきである。それがなぜ〈坊っちゃん〉にとっては「田舎」と意識されるのか。たとえば次のような一節にそれがはっきり表れている。

> ほかの所は何を見ても東京の足元にも及ばないが温泉だけは立派なものだ。

〈坊っちゃん〉が松山を「田舎」と見なす判断基準は、常に「東京」との比較によるものだったのだ。ここには〈中心／周縁〉という二項対立の図式、より具体的には〈東京／田舎〉という鮮やかな二項対立の図式が成り立っている。そして、この図式が逆に〈坊っちゃん〉にとっての「東京」の意味を明らかにする。

言うまでもなく、ここで「田舎」と対比される東京は「近代都市」であり「日本の首都」である。だからこそ、地方都市松山を「田舎」だと言えたのである。何をやってもうまくいかない松山で〈坊っちゃん〉を支えているのは、自分は「東京人」だという自負なのだが、〈坊っちゃん〉の田舎差別を生み出しているのも、自分は「東京人」だという自負なのである。

ところが、〈坊っちゃん〉には、松山に来てからもう一つの自己意識が強烈に芽生える。それは自分は「江戸っ子」だという自己意識である。東京での出来事を書いた一章に「江戸っ子」という言葉がただの一度も出てこない事実に、この自己意識が松山に行ってから芽生えたものであることがよく表れている。この自意識によって生み出されるのは〈江戸っ子／田舎者〉という二項対立の図式である。自分は「江戸っ子」であるという自意識も、〈坊っちゃん〉を支え、かつ田舎者差別を生み出す。

〈坊っちゃん〉は何かにつけ「江戸っ子」という言葉を口にしているような印象を持ってしまうが、この言葉を実際に他者に向けて口にした記述は、実は二回しかない。一度は、着任早々、二時間目の授業においてである。この時の〈坊っちゃん〉が「おれは江戸っ子だから君等の言葉は使えない」と、生徒の「方言」との違いを問題にしている限り、この「江戸っ子」はより多く「東京」という〈中央〉の意識で語られている。ところが、もう一度口にしたときには違っている。うらなりの送別会の日である。


「君は一体どこの産だ」

「おれは江戸っ子だ」

「うん、江戸っ子か、道理で負け惜しみが強いと思った」

「君はどこだ」

「僕は会津だ」

「会津っぽか、強情な訳だ。(略)」


山嵐の問いに〈坊っちゃん〉が「東京だ」とは答えず「江戸っ子」と答えるとき、そして、

「僕は会津だ」という山嵐の答えを「会津っぽか」と受けるとき、この「江戸っ子」からは〈中央〉意識は消し去られ、一つの気質として語られている。〈坊っちゃん〉は、伝統的な「江戸っ子」という言葉に自己のアイデンティティの拠り所を見出し、この言葉で自己の像を松山で唯一信頼できる他者＝山嵐に結ぼうとしたのである。つまり、〈江戸っ子／田舎者〉という二項対立の図式による差別は、「気質」についての差別だったのである。

もはや明らかだろうが、『坊っちゃん』は「江戸っ子」の〈坊っちゃん〉が松山で活躍する物語などではなく、彼が「田舎」での様々な関係の中で「江戸っ子」の立場を選び取らされていく物語、〈坊っちゃん〉が「江戸っ子」になる物語なのである。

そう言えば、〈坊っちゃん〉は「マドンナ」の一件では、本人の意志さえ確認しないで、「うらなり」から「赤シャツ」へ乗り換えた（？）「マドンナ」を批判的にとらえている。これは「自由結婚」が唱えられていた当時にして、いかにも古い結婚観だと言える。〈坊っちゃん〉は新しい教育制度の中を古い感性によって生きたのである。〈坊っちゃん〉の失敗は、なにも彼の単純な正義感だけに原因があるのではなかった。そして、〈坊っちゃん〉に喝采を送る多くの読者も、心のどこかでこの保守的な感性に共鳴しているはずなのだ。

常識人としての〈坊っちゃん〉

『坊っちゃん』には、赤シャツの弟について述べる奇妙な言葉が書き込まれている。「その癖渡りものだから、生れ付いての田舎者よりも人が悪るい」と言うのだ。〈坊っちゃん〉の意識の中に「田舎者」よりもさらに差別すべき階層があったのだ。

近代は土地と身分から人を自由にした。そのことが庶民に立身出世の欲望をかき立て、それが国家の活力となった。したがって、「渡りもの」が生まれるのは近代の宿命だった。しかも、高等教育を受けられる学校が全国に数えられるくらいしか設置されていない時代にあっては、学校に通う段階からすでに故郷を離れなければならないことが多かった。さらに、その学歴を資本に立身出世しようと思えば、「渡りもの」になるしかなかったのだ。赤シャツのような教師はその典型だった（大野淳一「「渡りもの」の教師たち――「坊っちゃん」ノート」『武蔵大学人文学会雑誌』第一三巻四号、一九八二・三）。

そこで、もう一度〈坊っちゃん〉が山嵐との会話で口にした「江戸っ子」という言葉に注目してみると、そこからは〈江戸／明治〉という新たな二項対立の図式が透けて見えてくる。そう言えば、〈坊っちゃん〉が親しみを感じる人物は、「元は旗本」という彼自身を含めて、会津出身の山嵐、「瓦解」で身分を失った清、元松山藩の士族と思われる「うらなり」と、すべて幕末に江戸幕府側に味方して敗れた佐幕派なのである（前出『「坊つちやん」の世界』）。

どうやら、『坊っちゃん』は佐幕派が明治の時代で再び敗れる物語でもあるようだ。佐幕派への挽歌と言っていいかもしれない。この構図から見えるのは、明治という新しい時代に対する抜きがたい不信感、言い換えれば近代批判の精神である。

平岡敏夫はよい意味で執念の人で、この『坊っちゃん』論をふくらませてついに『佐幕派の文学史　福沢諭吉から夏目漱石まで』（おうふう、二〇一二・二）という大著を書き上げた。そして、福沢諭吉から坪内逍遙から二葉亭四迷から漱石まで、明治文学は佐幕派によって支えられていたことを明らかにした。

考えてみればその通りで、明治の近代で立身出世できる人間が文学に思いを託すはずもないだろう。社会には勝者もいれば敗者もいるから、明治の近代に佐幕派として再び敗れていく者たちにわが身を重ねて共感する読者も多かったはずである。いつの世でも、文学は敗者のためにある。明治の読者は『坊っちゃん』の佐幕派たちにピンと来ただろう。そのことに気付かせてくれた平岡敏夫の功績は大きい。

以下に引用するのは、「赤シャツ」が〈坊っちゃん〉を釣りに誘って、あたかも「山嵐」が生徒を「煽動」したかのように吹き込み、それとなく「山嵐」に注意しろと忠告したあとの一節である。

> 赤シャツはホホホホと笑った。別段おれは笑われる様な事を云った覚はない。今日只今に至るまでこれでいいと堅く信じている。考えてみると世間の大部分の人はわるくなる事を奨励している様に思う。わるくならなければ社会に成功はしないものと信じているらしい。たまに正直な純粋な人を見ると、坊っちゃんだの小僧だのと難癖をつけて軽蔑する。それじゃ小学校や中学校で嘘をつくな、正直にしろと倫理の先生が教えない方がいい。いっそ思い切って学校で嘘をつく法とか、人を信じない術とか、人を乗せる策を教授する方が、世の為にも当人の為にもなるだろう。赤シャツがホホホホと笑ったのは、おれの単純なのを笑ったのだ。単純や真率

が笑われる世の中じゃ仕様がない。清はこんな時に決して笑った事はない。大に感心して聞いたもんだ。清の方が赤シャツより余っ程上等だ。

おそらくこういう一節に多くの読者は喝采を送ってきたのだろう。教育の欺瞞を暴く〈坊っちゃん〉像や、「赤シャツ」のような地位のある人間よりも「瓦解のときに零落」して「下女」となった清の方が「上等」だという、身分や地位にとらわれない「純粋」な〈坊っちゃん〉像が、いわば「大人のメルヘン」となるからだ。

　そして生方智子が論じるように、この一節において、清の言う「真っ直でよい御気性」は「正直な純粋な人」に確定され、そのことで清の像が「「坊っちゃん」のアイデンティティの保証人」として読者に結ばれるのである。さらに、〈坊っちゃん〉が「正直」であることを「証明」するために、「赤シャツ」が「不正直」な役割を担わされるわけだ。ここにも、〈正直／不正直〉という差別の線が走っている。

　そして、「今日只今に至るまでこれでいいと堅く信じている」という一文によって、この物語を語る「現在」の〈坊っちゃん〉は物語の中の〈坊っちゃん〉と少しも変わっていないのだと知らされることになる。このようにして、〈坊っちゃん〉だけではなく、『坊っちゃん』という小説が「世間」に対する批評性を持つことになるのである。だとすれば、〈坊っちゃん〉の差別意識は諸刃の剣だと言っていいだろう。その一面だけを見て喝采を送るのも単純すぎるし、別の一面だけ見て批判するのも正しすぎて窮屈だ。

私たち読者はどうやら〈坊っちゃん〉の「手記」を読んでいるようなのだが、〈坊っちゃん〉が「今日只今に至るまでこれでいいと堅く信じている」とわざわざ語らなければならなかったのはなぜだろうか。そこには、明らかに読者への意識がある。この意識を詳細に分析したのは、小森陽一である（「『坊っちゃん』の〈語り〉の構造――裏表のある言葉――」『構造としての語り』新曜社、一九八八・四）。小森は、冒頭から読者への意識が顕わになっていると言う。

> 親譲りの無鉄砲で小供の時から損ばかりしている。小学校に居る時分学校の二階から飛び降りて一週間程腰を抜かした事がある。なぜそんな無闇をしたと聞く人があるかも知れぬ。別段深い理由でもない。新築の二階から首を出していたら、同級生の一人が冗談に、いくら威張っても、そこから飛び降りる事は出来まい。弱虫やーい。と囃したからである。

この「なぜそんな無闇をしたと聞く人」という「常識ある他者」こそが、〈坊っちゃん〉の「手記」の正しい（？）読者だと言うのだ。〈坊っちゃん〉の語りは、この「常識ある他者」に応答する形になっている。〈坊っちゃん〉がこの「常識ある他者」という読者像を内面化する過程が四国での体験で、その体験を通じて、〈坊っちゃん〉は「常識ある他者」が使うような「裏表のある言葉」を学んでしまったと言うのだ。

なるほど四国での〈坊っちゃん〉は、「実を云うと賞めたんじゃあるまい、ひやかしたんだろう」（校長に「大分元気ですね」と言われて）とか「飛んだ事でと口で云うが、心のうちではこの馬鹿がと思ってるに相違ない」（中学校と師範学校の生徒同士の乱闘に巻きこまれたあとで）という具合に、みごとに「常識ある他者」が使う「裏表のある言葉」を内面化している。もっとも象徴的なのが、師範学校の生徒と喧嘩する中学校の生徒を止めようとして口にする「そんな乱暴をすると学校の体面に関わる」という言葉だろう。この時、〈坊っちゃん〉自身がはっきりと「常識ある他者」の言葉を発しているからである。

しかし、〈坊っちゃん〉が「常識ある他者」になったのは四国へ行ってからだろうか。

〈坊っちゃん〉の山の手志向

東京での〈坊っちゃん〉も立身出世と決して無縁ではなかったのではないだろうか。そもそも、兄よりも〈坊っちゃん〉を贔屓にする下女の清は、〈坊っちゃん〉にこんな未来を思い描いていたのだ。

> それから清はおれがうちでも持って独立したら、一所になる気でいた。どうか置いて下さいと何遍も繰り返して頼んだ。おれも何だかうちが持てる様な気がして、うん置いてやると返事だけはして置いた。ところがこの女は中々想像の強い女で、あなたはどこが御好き、麹町ですか麻布ですか、御庭へぶらんこを御こしらえ遊ばせ、西洋間は一つで沢山ですなどと勝手な計画を独りで並べていた。

これは、みごとなまでの山の手志向である。すなわち、立身出世志向である。山の手はエリートの住むエリアだったのだ。「麹町」や「麻布」は山の手だし、清の期待する家は、後に「文化住宅」と呼ばれる、典型的な山の手の住宅だった。明治時代は、全国から優秀な人材を日本の指導者層として東京に集めて、彼らを大名屋敷の跡地である山の手にいわば再配置した時代だった。たとえば「高級住宅街」として、住む場所と社会的成功とが結びつけられて、土地が人々の立身出世への欲望をかきたてる装置と化したのも近代という時代である。

官庁に近い麹町あたりは役人、練兵場のある赤坂、麻布あたりは軍人、その外側の青山あたりは実業家という具合にかなりはっきりした住み分けがなされていたのだ。だから、立身出世と地名とが結びついたのである。その後、清は世話になっている甥に〈坊っちゃん〉は「今に学校を卒業すると麹町辺へ屋敷を買って役所へ通うのだなどと吹聴した事もある」と言う。「おれを以て将来立身出世して立派なものになる」と思い込んでいるわけだ。

その頃の東京にとって、下町は江戸時代の面影を残した敗残者の町で、山の手は新しい時代に生きる人々の街だったから、「麹町」という地名と役人とを結びつけることのできる清は、新しい時代の立身出世の形をよく知る「常識ある他者」だったのである。それが、山の手志向である。そして、役人にこそならなかったものの、物理学校を卒業し、中学校の教師になった〈坊っちゃん〉もまた、清の期待に応えようとした時期を持ったに違いない。

これが〈坊っちゃん〉が夢見た近代である。その意味で、〈坊っちゃん〉の住まいが四国の城下町ではじめに下宿する「至極閑静」な「町はずれの岡の中腹にある家」（山の手！）から、「士族屋敷」のある町にある「もとが士族」という老夫婦の家に変わるのは象徴的かもしれない。〈坊っちゃん〉にとって山の手の近代はあくまでも夢だったのだ。

しかも、「元は旗本」だと言う〈坊っちゃん〉自身は山の手の出身である。「江戸っ子」と言えば元来下町の人間を指すのだから、〈坊っちゃん〉は生粋の「江戸っ子」ではない。どうやら、『坊っちゃん』は、山の手出身で近代的な立身出世を願った〈坊っちゃん〉が「江戸っ子」になる物語だと言い直さなければならないようだ。「江戸っ子」は佐幕派同様に、明治という時代から取り残された人々だったからだ。

もっとも、〈坊っちゃん〉は清にも自分にも山の手志向があったようには語ってはいない。「母が死んでから」を一章で四回も繰り返すことで、清を母の代理人として意味づけようとしている。それは、無償の愛を捧げる永遠の母のイメージだ。こういう母のイメージは、〈坊っちゃん〉が「もう立つと云う三日前に清を尋ねた」場面を誤読させる結果を招いている。

> 愈約束が極まって、もう立つと云う三日前に清を尋ねたら、北向の三畳に風邪を引いて寐ていた。おれの来たのを見て起き直るが早いか、坊っちゃん何時家を御持ちなさいますと聞いた。卒業さえすれば金が自然とポッケットの中に湧いて来ると思っている。そんなにえらい人をつらまえて、まだ坊っちゃんと呼ぶのは愈馬鹿気ている。おれは単簡に当分うちは持たない。田舎へ行くんだと云ったら、非常に失望した容子で、胡麻塩の鬢の乱れを頻りに撫でた。余り気の毒だから「行く事は行くがじき帰る。来年の夏休にはきっと帰る」と慰めてやった。それ

でも妙な顔をしているから「何を見やげに買って来てやろう、何が欲しい」と聞いてみたら「越後の笹飴が食べたい」と云った。越後の笹飴なんて聞いた事もない。第一方角が違う。「おれの行く田舎には笹飴はなさそうだ」と云って聞かしたら「そんなら、どっちの見当です」と聞き返した。「西の方だよ」と云うと「箱根のさきですか手前ですか」と問う。随分持てあました。

この場面は、〈坊っちゃん〉自身がさかんに「不審」がっているように、彼のような「無鉄砲」な者に無償の愛を捧げる清という「下女」の不可解さが、「四国」が「箱根」の「さき」か「手前」かさえも知らない世間知らずとして現れている、という風に読まれてきたのではないだろうか。〈坊っちゃん〉もまさにそう読まれるように語っている。しかし、そうだろうか。

〈坊っちゃん〉は、少なくともこの場面では「単簡に当分うちは持たない。田舎へ行くんだ」とだけ言ったのであって、「四国」へ行くとは言っていないのである。だからこそ、「越後の笹飴が食べたい」と言う清に、「四国にはない」とは言わずに、「おれの行く田舎には笹飴はなさそうだ」と答えるのだし、清はその「田舎」は「箱根のさきですか手前ですか」と、〈江戸っ子〉の世界の境界線を示して場所を確認しようとするのだ。そもそも、「兄の尻にくっ付いて九州下りまで出掛ける気は毛頭」ない清が、「四国」の場所を知らないと考えるほうが不自然だろう。〈坊っちゃん〉はそんな清のために、自分が〈四国下り〉まで行くことをこの時ははっきり言えなかったのだ。

清はそんな非常識な人物ではない。〈坊っちゃん〉に新しい時代の立身出世の夢を見ること、すなわち山の手志向を持つことが、清の近代だったのである。それは、四国の城下町の青年たちも同じだったろう。

教育制度には若者の立身出世の欲望と諦めとが組み込まれている。四国の城下町での物語にもそういう二面性がさりげなく語られている。「中学と師範とはどこの県下でも犬と猿の様に仲がわるい」ために起こる、両校の「衝突」事件がそれだ。

両校は、就学年齢では師範学校の方が上なので、結局「資格から云うと師範学校の方が上」になるが、尋常小学校の教員を養成する師範学校は、一〇年以上地元で教職に就く義務があるかわりに、学費は「地方税」でまかなわれていた。だから、師範学校の生徒は貧しい家庭に育った者が多かった。中学校の生徒が師範学校の生徒に「何だ地方税の癖に」という心ない言葉を投げつけるのには、こうした背景があった。

一方中学校は、学費は納入しなければならないし、卒業してもそれだけでは大した資格は得られないかわりに、高等学校、さらには帝国大学と上級の学校に進学する道が開けていた。年は上だけれども地元の尋常小学校の教員になることが決まっている青年たちと、年は下だけれども立身出世する希望に燃えている青年たち。彼らが反目しあわない方が不思議だろう。この四国の城下町もまた、微妙な形で山の手志向に染め上げられていたのである。これが教育制度から見た近代の姿だ。

主人公と観察――『草枕』

主人公のいない小説

私たちが小説を読むとき、ふつう主人公に感情移入して読む。

たとえば、銀行が舞台の小説があったとしよう。銀行員が主人公なら行員が経理部長として出向している会社の乱脈経営が暴かれたことを喜ぶだろう。一方、融資と引き換えに経理部長をメインバンクから受け入れざるを得なかった会社の社員が主人公なら、この民間天下りとも言える経理部長の悪辣なやり口が暴かれたことを喜ぶだろう。

グッとレベルを変えて動物番組。ライオンが主役ならトムソンガゼルを捕らえてよかったと思うし、トムソンガゼルが主役ならライオンから逃げられてよかったと思うものだ。かくのごとく、主人公の力学は私たち読者を強く拘束している。

こうした主人公の力学を、夏目漱石はよく理解していたようだ。まさに、それを揺さぶるために『草枕』(明治三九年九月)が書かれたのかもしれない。

茲に、事件の発展がないといふのは、かういふ意味である。――あの『草枕』は、一種変つた妙な観察をする一画工が、たま〳〵一美人に邂逅して、之を観察するのだが、此美人即ち作物の中心となるべき人物は、いつも同じ所に立つてゐて、少しも動かない。それを画工が、或は前から、或は後から、或は左から、或は右からと、種々な方面から観察する、唯だそれだけである。中心となるべき人物が少しも動かぬのだから、其処に事件の発展しやうがない。

所が普通の小説ならば、この主人公は甲の地点から乙の地点に移つて行く、即ち其処に事件の発展がある。此の場合に於ける作者は、第三の地点に立つて事件の発展して行くのを側面から観察してゐるのだが、『草枕』の場合はこれと正反対で、作中の中心人物は却つて動かずに、観察する者の方が動いてゐるのである。(「余が『草枕』」『文章世界』明治三九年一一月)

自作解説など噴飯ものと相場が決まっているもので、ここでもあれだけ画工を誘惑(那美に画工と関係を持とうという気がなかったとしても)させておいて「作物の中心となるべき人物は、いつも同じ所に立ってゐて、少しも動かない」とは首をかしげざるを得ないが、さすが当代きっての英文学者だけあって、「主人公」に関する理解はみごとである。そこで序章で問題提起をしたことを思い起こせばすぐにわかる。漱石が『草枕』で試みたことの一つは、主人公をめぐる実験だったのだ、と。

序章で確認したように、ロシアがソビエト連邦だったときの文学理論家ロトマンは、「主人公はある領域から別の領域へ移動する」(『文学と文化記号論』磯谷孝編訳、岩波書店、一九七九・

一）と端的に述べている。これは漱石の言う「主人公は甲の地点から乙の地点に移って行く」という理解と、表現までそっくりだ。ＮＨＫ朝の「連続テレビ小説」のように、「少女から女へ」と「ある領域から別の領域へ移動する」ことを、私たち読者は「主人公が成長した」と解釈するわけだ。これが「主人公」の力学である。そして序章において、これを「物語的主人公」と名付けた。漱石は『草枕』において、「物語的主人公」と「小説的主人公」を入れ換えようと試みたらしいことがわかってくる。そのことで、男が女を「観察」するとはどういうことかを徹底して暴いたのである。

ここで漱石が、「主人公」が「動かない」ことと「事件の発展がない」こととを結びつけていることにも注意しておきたい。漱石の言う「事件の発展」は、現在では「物語」といった方が通りがいいだろう。「物語」こそが、小林秀雄風に言う飴のように延びきった時間を「はじめ」と「終わり」によって区切ることで、「主人公」が「ある領域から別の領域へ移動」したことを読者にわかる形に浮かび上がらせる装置だからである。それは、「物語」が「はじめ」と「終わり」を因果関係によって結びつけることによっている。たとえば、「幼いときに重い病を医者に治して貰った」（はじめ）→「貧しいなか苦労して医学を学んだ」（物語の中心）→「立派な医者に成長した」（終わり）といったようにである。

ただし、読者は小説を読んで一つの因果関係だけを選ぶとは限らない。なぜなら、因果関係とはそもそも恣意的なものでしかないからだ。哲学者の黒崎宏は、因果関係は任意に設定されると論じている。たとえば、地震で家が倒壊した。ところが、その原因は一つには決められないと言うのだ。家が倒壊した原因は「地震のため」と答えることもできるし、「家の造りが弱かったから」と答えることもできるし、あるいは「地球に重力があったから」と答えることさえできるはずなのだ。すなわち「『原因』として何を挙げるかは、**客観的**に決まっている訳ではない、という事を物語っている。『原因』として何を挙げるかは、基本的には、それに係わる**人間の問題意識**に依存するのである」（『ウィトゲンシュタインから道元へ　私説『正法眼蔵』』ゴチック体原文、哲学書房、二〇〇三・三）。

地震学者は「地震のため」と言うだろうし、建築学者は「建物が弱かったから」と言うだろうし、物理学者は「重力のせいだ」と言うかもしれない。因果関係はそれを記述する人間の解釈に左右される。文学ならば、因果関係は読書によって物語を作り出す読者の解釈に左右されるということだ。したがって、一つの小説からいくつもの「物語」が作り出されるのである。「小説の読みは十人十色」という状態が生まれるのは、こうした原理によっている。

歴史も一つの「物語」だが、因果関係が導入されない限り「物語」としての記述は困難だ。このことは、もはや常識と言っていいだろうか。歴史学者の岡田英弘は「直進する時間の観念と、時間を管理する技術と、文字で記録をつくる技術と、ものごとの因果関係の思想」が「歴史」を成立させる要件だとしている（『歴史とはなにか』文春新書、二〇〇一・二）。そして、これらの条件を備えたのが近代という時代だと言う。

では、近代という時代において、出来事を因果関係を持った連続した歴史と認識させる装置とは何だったのだろうか。それが進化論だったのである。イギリスの社会学者アンソニー・ギデンズは、進化論が「非連続的転換」に目隠しをしてきたと言っている。

モダニティの示す非連続性が、多くの場合、十分認識されてこなかった理由のひとつに、長年に及んだ社会進化論の影響がある。非連続的転換を強調する理論でさえも、マルクスのそれのように、人間の歴史は普遍的な力の支配する全体的な方向性を有している、と考えてきた。(『近代とはいかなる時代か？——モダニティの帰結——』松尾精文・小幡正敏訳、而立書房、一九九三・一二)

進化論においては、「突然変異」という「非連続性」が、「歴史は普遍的な力の支配する全体的な方向性を有している」という認識によって「連続」に書き換えられてしまう。「非連続的転換を強調する理論」である「マルクスのそれ」(社会構造に切断を入れ、「非連続性」を導入する革命を想定しているはずである)でさえ、同じことが行われてきたと言うのだ。社会は共産主義に向かって発展する(「発展」は連続を前提とする)と考える思考方法のことを指しているのだろう。それが歴史という「物語」である。あるいは、そうでなければ事実や事柄の束は歴史とは認識されないのだ。

進化論という物語について、ギデンズはこうも言っている。

進化論は、たとえ必ずしも目的論的発想をしなくても、明らかに「壮大な物語」を描いている。進化論によれば、人間の引き起こす雑然とした諸々の出来事に系統だったイメージを与える「物語の筋」によって、われわれは「歴史」を語ることができる。

歴史を記述することができる原理こそが進化論だと言っている。それは、進化論もまた「物語」だからである。あるいは、進化論においては進化も「物語化」されて語られてきたからである。たとえば、「キリンは木の高い所にある草を食べるために首が長くなった」という具合に。これは因果関係を含んでいるから小さな物語である。動物番組などではこの手の説明がほとんどだと言っていい。ダーウィンに従うなら、「突然変異」で首の長くなった動物がキリンとして生き残っただけという説明になるはずなのだが――。

漱石の生きた時代、進化論は絶対的な「科学」であり「学問」だった。この事実を踏まえるなら、「主人公」の「動かない」小説、すなわち因果律による「物語」を含まない小説を書こうとした漱石は、遠く進化論への異議申し立てを試みていたことになる。

留学先のロンドンで、直進する時間を前提とした「生物学」的な人種差別を身をもって体験した漱石は、進化論の残酷さを知り抜いていたはずだ。もちろん、漱石が「主人公」の問題系と進化論とを関連づけて考えていたと言いたいのではない。それはわからない。ここで言いたいのは、漱石の「主人公」理解の射程は、進化論の問題系にまで届いているということなのだ。もし『草枕』における漱石の反=近代」と言うのであれば、有名な汽車批判・文明批判の言説にばかり注目するのではなく、この水準の「反=近代」も視野に入れておくべきだろう。

写生文としての『草枕』

『草枕』は、その叙述において大変な矛盾をはらんだ小説である。

『草枕』は写生文である。写生文は、硯友社風の美文への解毒剤のようにして明治三〇年代中頃に姿を見せはじめて、漱石もその中心人物の一人と見なされていた。だから、『草枕』が当時隆盛だった写生文として書かれ、写生文として読まれたことはまちがいない。まずそのことを確認しておこう。

『草枕』よりほんの少し後に書かれた文章だが、漱石は写生文の特徴について次のように言っている。

> 写生文家の人事に対する態度は貴人が賤者を視るの態度ではない。賢者が愚者を見るの態度でもない。君子が小人を視るの態度でもない。男が女を視、女が男を視るの態度でもない。つまり大人が小供を視るの態度である。両親が児童に対するの態度である。世人はさう思ふて居るまい。写生文家自身もさう思ふて居るまい。しかし解剖すれば遂にこゝに帰着して仕舞ふ。(中略)写生文家は泣かずして他の泣くを叙するものである。(「写生文」「読売新聞」明治四〇年一月二〇日)

漱石はこういう叙述態度について「ゆとり」があるとも言っている。

写生文が、明治に入ってから大流行した写真の系譜を引くことは、すでに周到な研究がある(松井貴子『写生の変容――フォンタネージから子規、そして直哉へ』明治書院、二〇〇二・二)。日本人に西洋の美術を教えた外国人教師フォンタネージは写真を踏まえた理論を教え、それが画家の浅井忠から中村不折、そして友人の正岡子規を経由して、漱石も知っていた可能性が高い。『草枕』に先立つこと数年、正岡子規によって写生文(という言葉は使ってはいないが)の叙述方法を丁寧に説いた有名な文章がある(「叙事文」『日本』明治三三年一月二九日、二月五日、三月一二日)。正岡子規は「須磨の景趣」を書くのに、まず次のような文を例示する。

山水明媚風光絶佳、殊に空気清潔にして気候に変化少きを以て遊覧の人養痾の客常に絶ゆる事なし。

これでは「何の面白味もあらざるべし」と言う。そして、最終的には次のようにはじまる長い文を例示するのだ。

夕飯が終ると例の通りぶらりと宿を出た。燬(や)くが如き日の影は後の山に隠れて夕栄(ゆふばえ)のなごりを塩屋の空に留て居る。街道の砂も最早ほとぼりがさめて涼しい風が松の間から吹いて来る。狭い土地で別に珍しい処も無いから又敦盛の墓へでも行かうと思ふて左へ往た。(後略)

これとてべつだん「面白味」のある文章とは思えないが、先の文章がただ説明しているだけなのに対して、この文章は〈視点人物＝視る人〉が「場面」の中にいていわば実況中継しているような趣がある。その意味で、臨場感がある。「写生文家は泣かずして他の泣くを叙するものである」という、漱石が説く写生文の特徴を備えていると言ってもいい。

写生文が定着してからは、「写生文は写生に多くの力を注ぐ散文」で、「写生とは事実を有の儘に写す事」だが、「説明」ではなく、「少くとも見又は聞きし順序に書かねばならぬ」（寒川鼠骨『写生文の作法』明治四〇年九月）と手ほどきされていたから、正岡子規の例示した文章はまさに写生文の条件を備えている。

この例文に『草枕』冒頭近くの次のような文章をぶつけてみよう。

忽ち足の下で雲雀の声がし出した。谷を見下したが、どこで鳴いてるか影も形も見えぬ。只声だけが明らかに聞える。せっせと忙しく、絶間なく鳴いている。方幾里の空気が一面に蚤に刺されて居たたまれない様な気がする。

文章の巧拙を度外視すれば、〈視点人物＝視る人〉が「場面」の中にいていわば実況中継しているような趣は共通している。まちがいなく写生文である。

ただ、漱石には別の目論見もあった。漱石は、まずふつうの小説は「真」を書くものだと確認している。これは、近代日本の小説が写真を意識せざるを得なかったところからも来た認識である。写真が「真」を写すものだという言い方、あるいは認識はごく一般的に行われていた。その上で、漱石は『草枕』の目論見についてこう言うのだ。『草枕』を論じるときには、必ずと言っていいくらい引用される有名な一節。

> 私の『草枕』は、この世間普通にいふ小説とは全く反対の意味で書いたのである。唯だ一種の感じ――美くしい感じが読者の頭に残りさへすればよい。それ以外に何も特別な目的があるのではない。さればこそ、プロットも無ければ、事件の発展もない。（前出「余が『草枕』」）

このあとに、先に引用した一節が来る。漱石は『草枕』では、「物語」ではなく「美くしい感じ」だけを書こうとしたと言うのだ。問題は、それが「第三の地点に立つて事件の発展して行くのを側面から観察」するような、いわば局外の写生文的な「観察者」に可能かという点にある。

ジョナサン・クレーリー『観察者の系譜　視覚空間の変容とモダニティ』（遠藤知巳訳、十月社、一九九七・一一）は、この問題を考える上で大きなヒントを与えてくれる。それは、「近代的な観察とは何か」という問いに対する答としてである。クレーリーは、「観察者」について次のように述べている。

> 観察者とは、たしかに明らかに見る者なのではあるが、さらに重要なことには、彼は予め定められた可能性の集合の枠内で見る者であり、さまざまな約束（コンヴェンション）事や限界のシステムに埋め込

まれた存在なのである。一九世紀に固有の——あるいはどんな時代に固有なものでもかまわないが——観察者が存在すると言うことができるとすれば、それは言説、社会、技術、制度といったものの相関関係が織りなす、還元不能なほど異種混淆的なシステムの効果としてでしかありえないだろう。絶え間なく変化していくこの領域に先だって存在する観察主体などありはしないのである。（中略）自存せる目撃者、その人にとって世界が透明な明証性をもったものとして立ち現れるような観察者など、今までいたためしもないし、これからも誕生しないだろう。そのかわりに存在しているのは、諸力の多かれ少なかれ強力な布置なのであり、そのような布置によって、観察者が有するさまざまな能力が可能となるのである。

クレーリーの見取り図を平たく言えば、一八世紀までの「観察者」は肉体さえ持たない、数学で言う位置だけあって面積を持たない点であるかのように存在し得たが、一九世紀初頭にパラダイムチェンジが起き、それ以降は「観察者」は世界に組み込まれた肉体を持たずにはいられなくなった。「観察」それ自体が社会化されたのである。

つまり、一九世紀初頭以降はニュートラルな「観察者」は存在し得なくなった。存在するのは、あるいは機能するのは「諸力の多かれ少なかれ強力な布置」によってもたらされた「観察者」の「能力」なのである。その「能力」とはある意味では社会の「能力」そのものなので、「還元不能なほど異種混淆的なシステムの効果」としか説明のしようがない。したがって、一九世紀初頭以降は純粋な「観察者」は存在し得ないことになる。

ここに、「物語」ではなく、「観察」によって「美くしい感じ」だけを書こうとした漱石の『草枕』の目論見が抱えた最大の矛盾がある。はじめに引用したように（「余が『草枕』」）、「観察する者の方が動いてゐる」とは「画工」が「動いてゐる」ことで、それは「画工」が「物語的主人公」となることを意味するのに、彼は同時に「観察者」＝「那美について考える」だけの「小説的主人公」でもなければならなかったからである。

この矛盾を解決するためには、「観察」してはいるのだが、それが「観察」だと読者に感じられなければよいのではないだろうか。言うまでもなく、これは漱石の自作解説を超えた問題設定である。有名な、「余」が入っていた風呂に那美さんが入ってきた場面。

頸筋を軽く内輪に、双方から責めて、苦もなく肩の方へなだれ落ちた線が、豊かに、丸く折れて、流るる末は五本の指と分れるのであろう。ふっくらと浮く二つの乳の下には、しばし引く波が、又滑らかに盛り返して下腹の張りを安らかに見せる。張る勢を後ろへ抜いて、勢の尽くるあたりから、分れた肉が平衡を保つ為めに少しく前に傾く。逆に受くる膝頭のこのたびは、立て直して、長きうねりの踵につく頃、平たき足が、凡ての葛藤を、二枚の蹠に安々と始末する。世の中にこれ程錯雑した配合はない、これ程統一のある配合もない。これ程自然で、これ程柔らかで、これ程抵抗の少い、これ程苦にならぬ輪廓は決して見出せぬ。（七）

よく「観察」しているようなしていないような、奇妙な感じである。画工はフランスの画家による裸体画は下品なまでに露骨に表現されていると批判している。事実、この直前には「朦朧（もうろう）」という語が見える。この場面では、まさに「朦朧」とした裸体しか浮かび上がらない。これは漱石が用いた言葉の効果である。これが漱石の想定した「美くしい感じ」だったのだろう。

日本美術史研究者の佐藤志乃は、西洋化の進む明治の美術界において、「ぼかし」の技法を用いた絵を「朦朧体」という蔑称（べっしょう）で呼んだ時期があったと言う。漱石の『草枕』もその「朦朧体」の一例として挙げられている（『「朦朧」の時代――大観、春草らと近代日本画の成立』人文書院、二〇一三・四）。『草枕』は反近代の小説だから、美術にも詳しかった漱石が「朦朧体」に棹さしていたとしても不思議ではない。「朦朧体」が近代的な「観察者」を脱臼させたのだ。

しかし、これで問題が解決されたわけではない。佐藤志乃は言っている。「夏目漱石の『草枕』も、日本的な美への回帰と西洋文明への批判を見せながら、世紀末美術の神秘、幻想との出会いを抜きには語れない」と。『草枕』は、ヨーロッパ世紀末芸術の影響も強く受けていると言う。ミレーのオフィーリアが出て来るのだからまちがいのないことである。だとすれば、「朦朧体」の採用は、写真という近代テクノロジーに起源を持つ写生文を反近代に位置づけるためのギリギリの戦略だったのかもしれない。『草枕』の反近代の裏には、近代がピッタリ貼りついていたのだ。

観察の不可能性

『草枕』はこう書き起こされていた。『草枕』を読んだことのない人でも耳にしたことがあるだろう一節である。

> 山路(やまみち)を登りながら、こう考えた。
> 智(ち)に働けば角(かど)が立つ。情(じょう)に棹(さお)させば流される。意地を通せば窮屈だ。兎角(とかく)に人の世は住みにくい。
> 住みにくさが高(こう)じると、安い所へ引き越したくなる。どこへ越しても住みにくいと悟った時、詩が生れて、画(え)が出来る。

こう考えながら「非人情」を求めて那古井まで一時的に世を逃れてきたのは、「生れて三十余年」になる一人の洋画家である。だから、この画家は那古井に「桃源郷」を見ようとしていた。このことはすでに多くの論者によって指摘されてきたことだ。ところが、彼は画家だからこうも考える。

> 住みにくき世から、住みにくき煩(わずら)いを引き抜いて、難有(ありがた)い世界をまのあたりに写すのが詩である、画である。あるは音楽と彫刻である。

これはこの画家が「桃源郷」を描くための方法意識であって、したがって芸術論である。「詩」や「画」や「音楽」や「彫刻」といった芸術は、「住みにくき世から、住みにくき煩いを引き抜いて」、すなわち「非人情」の境地によって生まれるというのだ。『草枕』は当時の文学のジャンルとしては写生文だが、同時に、画家による芸術論でもあることは改めて確認しておいてよい。なぜなら、この画家は那美のことを知ってからずっと、「桃源郷」の「主人公」としての彼女を描くことだけを考え続けているからである。実際、画家はそれが可能だと考えていた。

> 恋はうつくしかろ、孝もうつくしかろ、忠君愛国も結構だろう。然し自身がその局に当れば利害の旋風に捲き込まれて、うつくしき事にも、結構な事にも、目は眩んでしまう。従ってどこに詩があるか自身には解しかねる。
>
> これがわかる為めには、わかるだけの余裕のある第三者の地位に立たねばならぬ。三者の地位に立てばこそ芝居は観て面白い。小説も見て面白い。芝居を見て面白い人も、小説を読んで面白い人も、自己の利害は棚へ上げている。見たり読んだりする間だけは詩人である。

しかし、那美とはじめて言葉を交わしたとき、画家は「昔から小説家は必ず主人公の容貌を極力描写することに相場が極ってる」としながらも、那美の「表情」に「静」と「動」が混在していることに困惑し、それでも「動いて見せる」様子を読みとって、「不仕合な女に違ない」と判断するだけで、われわれ読者に「容貌」を「描写」してみせてはくれない。峠の茶屋で会った老婆に対しては、「ああうつくしいと思った時に、その表情はぴしゃりと心のカメラへ焼き付いてしまった」というのに。この時、画家はカメラそのものになったのである。では、画家はなぜ

「主人公」である那美の「描写」ができなかったのだろうか。

はじめ画家は「有体なる己れを忘れ尽して純客観に眼をつくる時、始めてわれは画中の人物として、自然の景物と美しき調和を保つ」と考えていた。カメラそのもの、モノを視る視点そのものに自分を仕立て上げ、この世にある自分を完全に忘却したときにだけ、自然を描くことができるということだろう。

自分はこの世界のどこにも存在しない。その時、「自然」は「画」であり、「画」は「自然」だ。そして、「己」もまた「画」であり「自然」となることができる。それを、画家は「純客観」と言っている。少し後で、「こんな時にどうすれば詩的な立脚地に帰れるかと云えば、おのれの感じ、その物を、おのが前に据えつけて、その感じから一歩退いて有体に落ち付いて、他人らしくこれを検査する余地さえ作ればいい」と言うのも同じことだ。

こうした態度をまとめると、こんな風になるだろう。

> 怖いものも只怖いものそのままの姿と見れば詩になる。凄い事も、己れを離れて、只単純に凄いのだと思えば画になる。失恋が芸術の題目となるのも全くその通りである。失恋の苦しみを忘れて、そのやさしい所やら、同情の宿る所やら、憂のこもる所やら、一歩進めて云えば失恋の苦しみその物の溢るる所やらを、単に客観的に眼前に思い浮べるから文学美術の材料になる。

この画家のように、人はよく「客観的にモノを見ることが大切だ」などと口にする。それはたとえば、自分の置かれた立場を離れてモノを見るというような含みを持つ。画家がまさにそうだった。「失恋の苦しみを忘れて、そのやさしい所やら、同情の宿る所やら、憂のこもる所やら、一歩進めて云えば失恋の苦しみその物の溢る所やらを、単に客観的に眼前に思い浮べるから文学美術の材料になる」とも言っている。クレーリーを踏まえれば、一九世紀以前の思考そのものだった。

しかし、現代（クレーリー風に言えば一九世紀以降）の学問は、「客観的」に見ることは不可能だと考える。そもそもそれが「客観的」などと、誰に判断できるのだろうか。ある見方が「客観的」だと証明するためには、世界の外にもう一人それを「判断」する「人間」（神？）を想定しなければならない。それはもう現実世界のあり方ではない。

私たちはこの世界に生きている以上、自分でも意識化できていないかもしれない何らかの関係の網の目の中にしか存在し得ない。つまり、私たちは「世界内存在」であるしかない。だから私たちにできることは、多くの人と同じだろうと思われるいい立場に身を置いて、自分の見方が「客観的」であるかのように装うことだけだ。

はじめ画家は「純客観」や「客観的」という言葉で、芸術家としての自分を世界の外に置くことができると考えていたのだ。あるいは、画の中の点になることができると考えていたのだ。それが那美と出会ってからは、ある意味でその傲慢とも言える思考に狂いが生じはじめるのである。つまり、画家は那美に惹かれて、世界から出られなくなったのだ。あるいは、自分の身体を忘れることができなくなったのだ。

彼はここではとりあえず自分の判断だけを語って、那美という「主人公」の「容貌」を「描写」しないことで、なんとかその事実をごまかしたと言うべきかもしれない。

「朦朧」と見る

画家は「海棠(かいどう)の露をふるふや物狂ひ」という句をはじめとして、九つの句を捻って風呂へ行って那美と出会ったのだった。ところが部屋に戻ってみると、おそらく那美が句を継いでいた。「花の影、女の影の朧(おぼろ)かな」には「花の影女の影を重ねけり」とあり、「正(しょう)一位、女に化けて朧月」には「御曹子(おんぞうし)女に化けて朧月」とあった。「正一位」とは稲荷大明神だから、ここでは狐の意味で用いられている。だから、化けるわけだ。那美がジャブを飛ばしている趣である。

注意したいのは、「朧月」が繰り返されていることだ。『草枕』には「朦朧」という言葉が何度か書き込まれている。この少し前には「ターナーが汽車を写すまでは汽車の美を解せず」とあるが、どう見てもターナーの絵は「朦朧体」である。世界の外へ出てクリアに対象を見るという「純客観」や「客観的」の態度を諦めて、「朦朧」と見ればいいということだろう。

先に引用した風呂の場面は、まさに「朦朧」としていた。「朦朧」としていたからこそ、美しかった。風呂の前には、画家は床屋で、那美が僧侶を色仕掛けで誘ったという真偽不明の話を聞かされていた。風呂に来た那美の「朦朧」と見える裸体には、画家の那美への性的な関心が朦朧と現れている。これをクリアに、つまり「客観的」に描くわけにはいかない。それまで信じていた画家の芸術方法論に綻びが生じてきたと言っていい。
画家は床屋で鏡に写る自分を見ることを強いられたが、それはこんな風だった。

既に髪結床である以上は、御客の権利として、余は鏡に向わなければならん。然し余はさっきからこの権利を放棄したく考えている。鏡と云う道具は平らに出来て、なだらかに人の顔を写さなくては義理が立たぬ。もしこの性質が具わらない鏡を懸けて、これに向えと強いるならば、強いるものは下手な写真師と同じく、向うものの器量を故意に損害したと云わなければならぬ。虚栄心を挫くのは修養上一種の方便かも知れぬが、何も己れの真価以下の顔を見せて、これがあなたですよと、此方を侮辱するには及ぶまい。今余が辛抱して向き合うべく余儀なくされている鏡は慥かに最前から余を侮辱している。右を向くと顔中鼻になる。左を出すと口が耳元まで裂ける。仰向くと蟇蛙を前から見た様に真平に圧し潰され、少しこごむと福禄寿の祈誓児の様に頭がせり出してくる。苟もこの鏡に対する間は一人で色々な化物を兼勤しなくてはならぬ。

あまりにユーモラスなので、いたずら心で少し長めに引用した。板ガラスを作るには高度な技術が必要で、近代日本ではしばらく輸入に頼っていた。明治・大正期に建てられた洋館に入ってガラス窓から外を見ると、歪んでいるのがわかるはずだ。当時の技術ではそれがやっとだったのである。

それにしても、ユーモアに隠して重要なことが書かれている。それを強引に要約（意訳？）すれば、こうだ。「歪んだ鏡は下手な写真師のようだが、それは画家の虚栄心を砕くには十分である」と。画家は自分をいわば上手な写真師だと思っていただろうから、この歪んだ鏡で見せられた自画像（！）は衝撃だったはずだ。彼はまた一つ学習したのだ。

そしてこの鏡体験は、言うまでもなく「鏡が池」の予行練習だった。画家は「鏡が池」に絵を描きに行って、木こりに、志保田那美の何代か前の志保田家の娘が、懸想された二人の男のどちらへも靡きかねて「鏡が池」に身を投げた話を聞かされる。そうしたらあたかもそれを見計らったかのように、那美が身投げに見せかけた振る舞いをして見せたのだった。画家は「風呂場に余を驚かしたる女の顔」に「又驚かされた」。

この「鏡が池」の場面を死と再生の儀式とする解釈もあるが、画家がそれを画に描けなかった以上、この儀式は未完であって、宙に浮いたままだ。

あの女の所作を芝居と見なければ、薄気味がわるくて一日も居たたまれん。義理とか人情とか云う、尋常の道具立を背景にして、普通の小説家の様な観察点からあの女を研究したら、刺激が強過ぎて、すぐいやになる。現実世界に在って、余とあの女の間に纏綿した一種の関係が成り立ったとするならば、余の苦痛は恐らく言語に絶するだろう。余のこの度の旅行は俗情を離れて、あくまで画工になり切るのが主意であるから、眼に入るものは悉く画として見なければならん。能、芝居、若くは詩中の人物としてのみ観察しなければならん。この覚悟の眼鏡から、あの女を覗いて見ると、あの女は、今まで見た女のうちで尤もうつくしい所作をする。自分でうつくしい芸をして見せると云う気がないだけに役者の所作よりも猶うつくしい。

画家は現実世界の側から那美を見る。現実世界で那美となんらかの関係を持つのは、たまらないと感じる。しかし、那美を芸術の中に置いてみると事情は違ってくる。那美が芸術そのものとしてあるからだ。すなわち、もしそう言ってよければ、芸術家は画家ではなく那美だったのだ。この敗北を、画家は「あの女の御蔭で画の修業が大分出来た」と受け止める。なぜ、画家は芸術において敗北したのか。それは、画家が芸術に「意味」を求めるからだろう。

ある時、画家は「抽象的な興趣」は画にできないと考えて、それを「永久化」できる手段は「音楽」しかないと思い当たる。これは実に正しい認識である。もし「抽象的な興趣」によって描かれた画があるとすれば、それには二つの相反する見方がある。一つは、画その物をただ見ることだ。もう一つは、画の向こう側に「意味」(現実のアレゴリー)を見ることだ。後者はつまらない芸術の見方である。なぜなら、人は「意味」だけを見て画を見てはいないからだ。しかし、音楽は違う。音楽には意味がない。もちろん、音楽を聴いて楽しく感じたり悲しく感じたりすることはある。しかし、それは「意味」(現実のアレゴリー)ではない。

またある時、画家は小説の筋を読まない読書法を那美に実演してみせる。本は偶然開いたところを「いい加減」に読むのが面白いと言うのだ。理由は、「初から読まなけりゃならないとすると、仕舞まで読まなけりゃならない」からだと言うのである。物語の「はじめ」と「終わり」が作り出す因果関係が「主人公」を「ある領域から別の領域」に「移動」させるのだった。この移動に、私たち読者はたとえば「成長」という「意味」を読む。画家の読書法はそれを拒否する。ところが、そんな読書法を那美に教えていたまさにその時、地震が起きて雉子が飛び立った。

「雉子が」と余は窓の外を見て云う。

「どこに」と女は崩した、からだを擦寄せる。余の顔と女の顔が触れぬばかりに近付く。細い鼻の穴から出る女の呼吸(いき)が余の髭(ひげ)にさわった。

「非人情ですよ」と女は忽ち(たちま)坐住居(いずまい)を正しながら屹(きっ)と云う。

もう少しで何かが「意味」を結ぼうとする時、それを拒否したのは那美だった。那美は芸術そのものだからだ。

誘惑する那美

拒否するには、それに先だって誘惑しなければならない。那美は誘惑者でもある。もちろん画家にも読者にも那美が過剰な誘惑者に見えるのは、彼女が僧侶を「誘惑」した話を聞かされて(読まされて)いるからでもある。しかし、それだけでもない。やはり、那美は誘惑している。

那古井の宿に泊まった晩、画家には「気の所為(せい)か、誰(だれ)か小声で歌をうたってる様な気がする」。

障子をあけた時にはそんな事には気が付かなかった。あの声はと、耳の走る見当を見破ると――向うに居た。花ならば海棠かと思わるる幹を脊に、よそよそしくも月の光りを忍んで朦朧たる影法師が居た。あれかと思う意識さえ、確とは心にうつらぬ間に、黒いものは花の影を踏み砕いて右へ切れた。わが居る部屋つづきの棟の角が、すらりと動く、脊の高い女姿を、すぐに遮ってしまう。

那美はみごとに画家の期待に応えてくれる。しかし、この時まちがいなく期待していたのは画家である。「すぐに遮ってしまう」という語り方が、「もっとよく見たい」という画家の気持ちをよく表している。さらにしかし、宿に若い男が泊まったことを那美が知らないはずはなく、だから「小声」で誘っていたのだと言って悪いはずはない。このあとも、風呂場で、部屋で、「鏡が池」で、那美は画家を誘い続ける。もしかしたら、那美は画家に描かれようとしているのかもしれない。

誘惑とはどういう行為なのだろうか。ここで、魅力的な誘惑論を引いておこう。

サルトルは、愛するというのは、「他者によって愛されたいと望むこと」だと定義する。すなわち、愛するというのは、能動的に《誘惑する》ことであって、受動的に恋人の言葉を「聴く」ことではない。恋する人は、相手にたいして、自分を魅惑的な対象、そしてそのようなものとして意味をもつ対象に作りあげようとする。（立川健二『誘惑論　言語と（しての）主体』

傍点原文、新曜社、一九九一・九)

頑迷な他者から誘惑する他者へ――。つまり、わたしを愛さない他者を、わたしとはちがった流儀でわたしを愛する他者へと変容させること(わたしとおなじ流儀で愛するならば、それはもはや《他者》とはいえまい)。そこに誘惑者の目標と、そのための戦略がある。(同前)

これが誘惑という行為だとすれば、画家にとって那美が「謎」めいた女にみえるのは当然のことかもしれない。明治の男性知識人たちにとって女性が「謎」に見えたのは、彼らのどこかに女性に誘惑してもらいたいという願望があったからに違いないのだ。だからこそ、彼らは必死に女性の表情を「読もう」としていたのだ。

那美は自分を画家にとって「意味をもつ対象」に作りあげようとしている。たとえば、芸術の対象(モデル)として、あるいは性的な関心の対象として。しかも、はじめは「驚き」を与えることによって画家を誘惑している。

それは、自分とあなたとはちがう人間ですよというサインだったかもしれない。そう、対象から距離を置き「純客観」や「客観的」という一八世紀的な布置で画を描こうとする画家に、「愛」がなければ芸術は完成しないと、おそらく那美自身も知らないうちに画家を教育していたのだ。漱石文学の底流には、年上の女が男に恋の手ほどきをする、フローベール『感情教育』がある。「客観」の否定とは、終わり近くに置かれた汽車に対する反発、すなわち「人は汽車へ乗ると云う。余は積み込まれると云う。人は汽車で行くと云う。余は運搬されると云う」などといった、あまりにもわかりやすく安っぽい反=近代の姿勢よりも、はるかに深いところで近代を捉えた批判だ。

なぜ那美はそのような誘惑者となったのか。それは、彼女が自分が望まない相手の「器量望み」によって結婚し、その後離婚した女だったからに違いない。那美はまるでこの画家にとってのモデルのように相手の男に望まれたのである。だから、芸術家としての那美は誘惑した。世界へ出て来なさいと、これまでのあなたとはちがったやり方で人を愛しなさいと。たしかに、『草枕』は芸術論小説だったのだ。

物語の最後に、那美は日露戦争に出征する従弟を汽車の駅まで見送りに行った場面がある。すると、動き始めた汽車の窓から、那美の別れた夫が顔を出した。

> 茶色のはげた中折帽の下から、髯だらけな野武士が名残り惜気に首を出した。そのとき、那美さんと野武士は思わず顔を見合せた。鉄車はごとりごとりと運転する。野武士の顔はすぐ消えた。那美さんは茫然として、行く汽車を見送る。その茫然のうちには不思議にも今までかつて見た事のない「憐れ」が一面に浮いている。
> 「それだ！　それだ！　それが出れば画になりますよ」
> と余は那美さんの肩を叩きながら小声に云った。余が胸中の画面はこの咄嗟の際に成就したのである。

「非人情」から「憐れ」へ。ようやく画家に対する教育は終わった。
よくそう読まれているように、「憐れ」という人間らしい感情を欠いていた不完全な那美が、ここで「憐れ」を得て人間らしくなったのではない。那美こそが、一八世紀的思考に縛られて人間らしさを失っていた画家を教育したのだ。「感情教育」である。「小説的主人公」であろうとした画家を「物語的主人公」に変容させたのである。

しかし、おそらくそのことに作中の誰一人として気づいてはいないにちがいない。いや、まだ誰も気づいてはいないかもしれない。一人称に拘束されて、男である画家の目からしか那美を見ておらず、自分が誘惑されたことにさえ気づかなかった読者をも含めて。

この末尾の一節において、画家の「胸中」に那美さんの「憐れ」が流れ込んだはずだ。画家は一八世紀から二〇世紀へと一気に時間をまたいだのである。読者＝あなたに問いたいことがある。あなたの中にイメージされたのは那美さんの顔に現れた「憐れ」ですか、それとも画家の「胸中の画面」ですか、と。前者ならばあなたはより多く女としてこの一節を読んだのであり、後者ならばあなたはより多く男としてこの一節を読んだのに違いない。そして、両方をイメージしたのならば、あなたは二一世紀の芸術家になっている。

女性と自由――『虞美人草』

時代の中の『虞美人草』

『虞美人草』は華麗なる失敗作である。

後年漱石自身がこの小説を嫌ったとも伝えられていて、失敗作という大方の評価はもはや動きそうもない。おそらく同時代の読者には漱石が罰した藤尾が魅力的すぎたのだろう。一方、現代の読者には「哲学」がわかっているはずの甲野欽吾が嫌みったらしい男でありすぎるし、「道徳」の体現者である宗近一がバカっぽく見えてしまう。漱石の厳しい批判者だった正宗白鳥が、後者の理由を実に的確に語っている。

「虞美人草」では、才に任せて、詰らないことを喋舌り散らしてゐるやうに思はれる。それに、近代化した馬琴と云つたやうな物知り振りと、どのページにも頑張つてゐる理窟に、私はうんざりした。馬琴の龍の講釈でも虎の講釈でも、当時の読者を感心させたのであらうし、漱石が今日の知識階級の小説愛好者に喜ばれるのも、一半はさういふ理窟が挿入されてゐるためなのであらう。(中略) 宗近の如きも、作者の道徳心から造り上げられた人物で、伏姫伝受の玉の一つを有つてゐる犬江犬川の徒と同一視すべきものである。「虞美人草」を通して見られる作者漱石が、疑問のない頑強なる道徳心を保持してゐることは、八犬伝を通して見られる曲亭馬琴と同様である。(『中央公論』昭和三年六月)

ある時期までの近代文学研究者のように、無前提に「漱石が」などとは書かず、「「虞美人草」を通して見られる作者漱石が」と書くところに正宗白鳥の知性が窺われる一節である。正宗白鳥は小説はともかく、評論がむしろ面白い。滝沢馬琴の『南総里見八犬伝』と並べて見せて腐すのは、坪内逍遥『小説神髄』を見習った芸と言うべきだろうか。

正宗白鳥は自然主義の流れを汲む小説家だから、日常生活を作者の思想によってまとめるのではなく、まとまりのない日常をそのまま書くべきで、「道徳」などによってむりやり結末をつけるべきではないと考えていただろう。それを割り引いても読むべき勘所は読んでいて、実はこれ以上言うべきことはあまりない。しかし、それでは評論の市が栄えない。朝日新聞社入社第一作として、漱石はなぜこんないい小説を書いてしまったのか、そしてこんないい小説にどのような意味があるのか。それを考えてみなければならない。

新聞小説家となった漱石には、いくつか気になった新聞連載小説があったようだ。たとえば、「金剛石(ダイヤモンド)」。宗近一は妹の糸子に「今に御嫁に行くときに金剛石(ダイヤモンド)の指環(ゆびわ)を買ってやる」と言う。結婚相手と見定めた小野が、自分とは別の女を連れていたところを博覧会で見てしまった藤尾はこうだ。

「小野さん、昼間もイルミネーションがありますか」と云って、両手を大人しく膝（ひざ）の上に重ねた。燦（さん）たる金剛石（ダイヤモンド）がぎらりと痛く、小野さんの眼に飛び込んで来る。

「昼間もイルミネーションがありますか」とは、藤尾はその若い女性が誰だかは知らないが、小野が小夜子を連れていたことを当てこすっているのである。ここでも「金剛石（ダイヤモンド）」。

当時の読者は、いやでもあの尾崎紅葉『金色夜叉』の冒頭近くのカルタ会で、三百円（いまなら数百万円か）するという「金剛石（ダイヤモンド）」という言葉が、人の口から口へとリレーされる有名な場面を思い起こしただろう。言うまでもなく、『金色夜叉』は明治三〇年代前半に「朝日新聞」のライバル紙「読売新聞」の紙面を飾り、その休載は、いまのように配達制度のなかった新聞の売り上げに響いたとまで言われる人気連載小説だった。

『金色夜叉』の間貫一は鳴沢宮と結婚を約束していて、すでに体の関係もあったが、宮は自らの富を「金剛石（ダイヤモンド）」で誇示するような富山唯継（「富をただ継ぐだけ」というアレゴリカルで気の毒な名前である）を選んでしまう。それで間貫一は富を憎むあまり、高等中学校（旧制高等学校の前身）を中退して彼自身が冷酷な高利貸しになる。『金色夜叉』は庶民の「高利貸し」への憎悪で成り立っているような小説である。「富」と「結婚」がテーマとなっているところは『虞美人草』も同じである。

ただし、「宮(みや)は己(おのれ)が美(うつく)しさの幾何(いかばかり)値(あたひ)するかを当然(たうぜん)に知(し)れるなり」とか「女(をんな)は色(いろ)をもて富貴(ふうき)を得(う)べしと信(しん)じたり」と書かれる宮は、自分の意志で自らの美しさと富とを引き替えにする、ある意味では近代的な女である。一方の藤尾は、自分自身の美しさを十分知ってはいるが、彼女の武器は父親から貰った「金時計」である。この点は、むしろ藤尾の方が古い女かもしれない。正宗白鳥の言う「道徳」に対応しているからである。

それでも、京都でそれと知らずに小夜子を見た宗近一が、「別嬪(べつぴん)かね」と問う甲野に「ああ別嬪だよ。藤尾さんよりわるいが糸公(いとこう)より好(い)い様だ」と答えていることからもわかるように、『虞美人草』では女の美は男の関心を引き、女が美において比べられている。結婚する女はそれまでの時代のように労働力としてではなく、男の富や名声の象徴となるような可視化された「美」が重んじられるようになったからだ。女の美が大衆の関心事となって広がっていく時代を反映した、女の美をテーマとした小説であることはまちがいない事実である。

ポスト＝女学生小説

漱石が『虞美人草』を書くにあたって『金色夜叉』を意識したかどうかは推測の域を出ないが、ほぼまちがいなく意識した小説がある。それは、やはりライバル紙「読売新聞」に明治三八年から三九年にかけて連載されて好評を博した小栗風葉『青春』である。平岡敏夫は、早くから『虞美人草』は『青春』を意識して書かれたものだと指摘していた。平岡自身に、それをさらに詳細に論じた論文がある（平岡敏夫「『虞美人草』と『青春』」『漱石研究』第十六号、翰林書房、二

○○三・一○)。
明治三○年代は、高等女学校が増えはじめる時期に当たっていて、時代は「教育を受ける若い女性」に好奇の目を向けた。女学生が、一種の「風俗」となったのである。その期待を受けて多くの女学生小説が書かれた。『青春』は、明治三六年にやはり「読売新聞」に連載された小杉天外『魔風恋風』と並んで、明治三○年代を代表する女学生小説である。

平岡敏夫によれば、漱石が『青春』を意識していた徴はいたるところに見出すことができる。たとえば『青春』の主人公の名は関欽哉で、『虞美人草』の主人公の名は甲野欽吾であることなどは、そのはっきりした現れだろう。また、『虞美人草』の藤尾が小野と既成事実を作ってしまおうとして選んだ場所は大森だった。平岡敏夫はこれに注目する。

> 藤尾の母親も二人の大森行きを知っているが、小野を養子に入れて藤尾と暮らしたい自分の欲望から、行楽どころでなかろうと既成事実を作ることには大賛成なのであり、そういう親なのだ。『虞美人草』の読者が〈大森〉についてどれだけの情報を持っていたかどうか。〈大森〉のそうした意味、存在を読者が否定するようであっては、作品は成り立たないから、作品の読者は〈大森〉を共有する。少なくとも〈大森〉はそういうところだと納得出来ることがなければならない。

『青春』の関欽哉とヒロインの小野繁が関係を持つ場所は大森となっているのだ。『虞美人草』

も大森。これを、平岡敏夫は『青春』からの「引用」と呼んでいる。これで、漱石が明治三〇年代に大流行した女学生小説を意識していたことがほぼ明らかになったわけだ。

平岡敏夫は大森という場所の持つ意味についてやや慎重に論じているが、塩崎文雄は当時大森が逢い引きの名所であったことを突き止め、「〈大森行き〉は若い男女のトレンドだった」ことを明らかにした上で、「〈大森行き〉の主唱者も、小野さんではなく、藤尾だったことはだれの目にも明らか」だとして、「藤尾がみずから進んで小野さんに「純潔」を捧げる決意を固めての、乾坤一擲の大博奕だった」と述べている。

そして、それは女学校が大衆化し、卒業すればすぐに結婚というパターンが崩れはじめ、女学校を卒業した女は「自分に似つかわしい社会的地位や教養をもった配偶者が現れる日を待って、ひたすら〈待機〉しなければならなくなった時代背景があると論じている（「女が男を誘うとき『虞美人草』の地政学」『漱石研究』同前）。

藤尾は二四歳で、母親に「御前も今年で二十四じゃないか。二十四になって片付かないものが滅多にあるものかね」と言われている。女が二四歳で独身という設定の意味はいまではわかりにくいかもしれないが、完全に「行き遅れ」なのである。この塩崎文雄の論文によって、藤尾とその母がなぜあれほど焦っていたのかが、時代背景からも説明できることになった。

『虞美人草』では、小夜子が女学校を卒業して五年目の二一歳とはっきり書かれてある。女学校は一二歳で尋常小学校を卒業してから四年間通う、女としては当時として実質的に最後の教育機関と言ってよかった。英語を習っている藤尾や糸子も女学校の卒業生であることはまちがいない。

藤尾が通ったのは、おそらくはミッション系の女学校だろう。糸子が通ったのは、その名からして良妻賢母主義の女学校かもしれない。その意味で『虞美人草』は、漱石の多くの小説がそうであるようにポスト＝女学生小説なのである。

漱石がほんの少し前の流行として踏まえた、女学生小説とはどのようなものだろうか。小栗風葉『青春』がまさに女学生小説なので、まずはストーリーから見ておこう。

二人の女学生・小野繁と香浦園枝は、「独身主義者」の東京帝国大学の学生・関欽哉に心惹かれるが、そのうち小野繁は関欽哉と相思相愛の仲になって、香浦園枝は諦める。関欽哉は豊橋の名家の養子で、故郷に許嫁のお房がいて、関家と古い知り合いの香浦家に寄食して大学に通っていたのだった。しかし小野繁と恋に落ちたために、自力で大学に通う決心をする。

その後、小野繁は女学校を卒業して研究科に進学したが、関欽哉は落第してしまい、実家との関係も不安定になってしまう。小野繁は華族の青年との結婚を勧められ動揺していて、関欽哉にお房との結婚を勧めてしまうが、その時には小野繁は関欽哉の子を身ごもっていた。そして、ついに堕胎薬を飲んだ。これは違法行為だった。そこで関欽哉がその罪を一身に引き受けて収監された。

小野繁は刑期を終えて出所してくる関欽哉を待ち続けたが、再会した二人の仲はもう元には戻らなかった。結局、二人とも結婚を諦めた。満州に開校する女学校に教師として赴任する準備をしている小野繁に、関欽哉から手紙が届く。お房が自殺したから自分も自殺するつもりだとあったが、小野繁は関欽哉は死ねる人ではないと考えるのだった——。

波瀾万丈というか、ハチャメチャというか、何とも言い難い物語だという感想を抱いたに違いないが、明治三〇年代まではこういう物語は特別ではなかった。

特に小野繁は上京した女学生で、これは文学上、あるいはこの時代のコンテクストとしては、「堕落女学生」の徴と言ってよかった。中村木公編『実地精査 女子遊学便覧』（女子文壇社、明治三九年八月）は、前半はまともな女学校案内だが、後半は男性の興味本位な関心のために書かれた奇妙な本で、特に上京した女学生が「堕落」しやすいと強調している。

序章で確認したように、田山花袋『蒲団』（明治四〇年）で、やはり上京した横山芳子が「私は堕落女学生です」と告白するのは、「性的な体験を持ってしまいました」という意味だ。菅聡子は、当時の読者は女学生小説を読んで、堕落するか否かではなく、どのように堕落するかを期待したと指摘した（『メディアの時代――明治文学をめぐる状況――』双文社出版、二〇〇一・一一）。『虞美人草』がこれら女学生小説を、特に『青春』を意識して書かれたことはほぼまちがいない。物語もどことなく似ているのがわかるだろう。

しかし、『虞美人草』はあくまでポスト＝女学生小説だった。女学生小説との違いは、たとえばヒロインの登場の仕方にはっきり現れている。

まずは『青春』のヒロイン、小野繁が通学する場面をみておこう。

繁は亀甲絣の綿琉の着物に銘撰の羽織――黄ろい縞の決切つた銘撰格の仕立返しらしいので――オリイブ色の玉スコッチの手編のショオルをピンで留めて、黒のカシミアの手袋を穿めて居る。鬢髱を故とバサ付き加減の束髪は園枝と同じ好みだが、リボン無しで、袴は葡萄紫の裾を、唐天の鼻緒の吾妻草履に打たせながら、銀縁の眼鏡も似合しく、学校通ひの女学生の装としては寧ろ見奇麗な方である。

思い切って類型的な描写で、女学生の服装さえ記述しておけばもうそれでその人物の人となりは読者に伝わったとするような書きぶりが、主人公を「女学生」以上でも以下でもないと見なしていることの何よりの証だろう。彼女が類型から外れて主体的に振る舞う、つまり主体的に男を見ることは、恋に破れて自殺すると言う恋人関欽哉の手紙に、「那の人は、死ねる人ぢや無い！」と思い切る最後の最後にいたるまで、許されてはいないのだ。女学生はあくまで「見られる女」なのである。

こうした点を踏まえれば、『青春』は女学生という文化記号と、それにまつわる同時代言説の水準にピッタリ寄り添った構成を持った小説だったと言うことができる。同時代の「読者の期待の地平」を決して裏切らない小説だったわけだ。『青春』が「通俗的」と評されることが多いのも、こういう理由によっている。

漱石が『虞美人草』で『青春』を意識した最もはっきりした徴は、「見られる女」ではなく、あえて「見る女」を主人公に選んだことではないだろうか。あたかも小野繁が関欽哉を突き放して見ることができるようになった『青春』の最後の場面を受けて、女学生のその後を書いたかのように読むことができるのだ。女学生小説の流行を横目で睨みながら、それを批判的に取り込んで書いたのが『虞美人草』ではなかっただろうか。だから、藤尾は「見られる女」ではなく「見る女」でなければならなかった。

藤尾がはじめて登場する場面を見てみよう。

紅を弥生に包む昼酣なるに、春を抽んずる紫の濃き一点を、天地の眠れるなかに、鮮やかに滴たらしたるが如き女である。夢の世を夢よりも艶に眺めしむる黒髪を、乱るるなと畳める鬢の上には、玉虫貝を冴々と菫に刻んで、細き金脚にはっしと打ち込んでいる。静かなる昼の、遠き世に心を奪い去らんとするを、黒き眸のさと動けば、見る人は、あなやと我に帰る。半滴のひろがりに、一瞬の短かきを偸んで、疾風の威を作すは、春に居て春を制する深き眼である。

ここで漱石は、藤尾の目に最大限の力を与えた。だから、この後に藤尾が本を読んでからは、こうなる。

女は顔を上げた。蒼白き頬の締れるに、薄き化粧をほのかに浮かせるは、一重の底に、余れる何物かを蔵せるが如く、蔵せるものを見極わめんとあせる男は悉く虜となる。

藤尾に見られる男は、みな藤尾の目の力に負ける。もちろん、藤尾も見られはするし、その美貌を比べられもする。しかし、藤尾はただ見られるだけの受け身の女ではない。父の決めた人ではなく、自分で夫を選び取ろうとするのだ。藤尾は受け身ではなく主体的であって、当時家制度が求めていた女性像とはほど遠い人物なのである。こうした藤尾のあり方が、最後に彼女が自らの意志で死を選ぶ結末までをも規定していると言っても過言ではない。

これがおそらく、漱石が『虞美人草』に込めたポスト＝女学生小説としてのヒロインのあり方だった。

『虞美人草』はなぜ失敗したのか

『虞美人草』は、二つの物語が交錯して織り上げられた小説だ。一つは、藤尾が自分の結婚相手を主体的に選ぼうとする物語。もう一つは、甲野家における遺産相続争いの物語である。両者共に父の不在が大きな要因としてかかわっているが、前者の主役は言うまでもなく藤尾で、後者の主役は藤尾の母である。甲野家の父は物語の始まる少し前に亡くなっている。これが、物語を動かす要因となったのである。

藤尾は父が決めていた、義理の従兄に当たる法学士・宗近一との結婚に異を唱え、自らの意志で詩人の小野を結婚相手として選ぼうとする。一方、甲野家に後妻として入り、長男欽吾とは義理の関係にある藤尾の母は、長男が単独で家の財産をすべて相続する規定のある明治民法に則って遺産を相続した欽吾とはそりが合わない。

そこで、遺産を藤尾に譲って家を出るという欽吾の言葉から「将来面倒を見ない」というメッセージを受け取ってしまい、自分の将来に不安を感じて、長男単独相続規定のある明治民法に逆らって、遺産を実子の藤尾に独占させようとたくらんでいる。それが、藤尾と小野との結婚なのである。つまり、藤尾の結婚をめぐって、二つの物語が交錯するわけだ。

漱石は時代と感性を共有していたのか、「女性嫌悪（ミソジニー）」の気味合いがあって、藤尾を「我の女」と呼び続け、さらにその母を「謎の女」と呼び続けて、この二人の女を許さなかった。結末では、宗近一らの活躍で藤尾の企みは食い止められ、小野は破談にしようとしていた許嫁小夜子との結婚を決意し、一方、自尊心を傷つけられた藤尾は自死する。これが漱石なりの「勧善懲悪」である。問題は、この時の漱石の「善＝道徳」の水準だろう。それは明治民法が規定する家の論理そのものでしかなかった。その意味において、『虞美人草』はまさに明治民法小説だった。

藤尾は父の遺言（？）に逆らって、すなわちそれこそが唯一の「正義」だと信じる甲野欽吾の意志に逆らって、自分自身の意志で結婚相手を選ぼうと試みたために「殺された」のである。それが漱石が想定したこの時代の「道徳」の水準だったのだ。そのために、女学生小説とは正反対に「見る女」を主人公に選びながらも、藤尾を明治三〇年代的な「道徳」の水準によって殺すことになってしまったのである。『虞美人草』には新しさと古さとが同居していたと言える。

しかし、甲野欽吾の「哲学」はついに藤尾を飼いならすことはできなかった。誇り高い藤尾は自死するが、漱石の意図にさえ反して、読者は藤尾という新時代の女が持つ魅力を支持したからである。しかも、漱石は身近な読者にさえ裏切られたようだ。どうやら、高弟の小宮豊隆が藤尾に好意的な関心を示しはじめたらしく、漱石にそのことを手紙で伝えてきたのである。慌てた漱石は、こんな手紙を出している。

虞美人草は毎日かいてゐる。藤尾といふ女にそんな同情をもつてはいけない。あれは嫌な女だ。詩的であるが大人しくない。徳義心が欠乏した女である。あいつを仕舞に殺すのが一篇の主意である。うまく殺せなければ助けてやる。然し助かれば猶々藤尾なるものは駄目な人間になる。最後に哲学をつける。此哲学は一つのセオリーである。僕は此セオリーを説明する為めに全篇をかいてゐるのである。だから決してあんな女をいゝと思つちやいけない。(明治四十年七月一九日付)

『虞美人草』連載開始後一月も経たない時点でのやりとりである。知識人の間で男女交際の是非がさかんに論じられていたこの時期、と言うことは、現実には男女交際がまだ自由ではなかったこの時期、漱石の予想に反して、知識人の卵が藤尾に好意的で強い関心を持つことは自然の成り行きだったのかもしれない。「自我」の解放を訴える「新しい女」たちの登場する時代は、もうすぐそこまで来ていた。期せずして、藤尾はその時代の空気を先取りしていたのだ。

しかし正宗白鳥が言うように、漱石の「道徳」が滝沢馬琴レベルに古すぎたのである。その意味において、『虞美人草』はまちがいなく失敗作だった。そして、その失敗の根底には漱石のあまりに強い反=近代の感性があった。

京都からはじまる物語

『虞美人草』は、なぜ京都からはじまるのだろうか。

京都からはじまることは、冒頭部を読めば誰にでもわかるように語られている。

「随分遠いね。元来何所から登るのだ」

と一人が手巾で額を拭きながら立ち留った。

「何所か己にも判然せんがね。何所から登ったって、同じ事だ。山はあすこに見えているんだから」

と顔も体軀も四角に出来上った男が無雑作に答えた。

反を打った中折れの茶の廂の下から、深き眉を動かしながら、見上げる頭の上には、微茫なる春の空の、底までも藍を漂わして、吹けば揺くかと怪しまるる程柔らかき中に屹然として、どうする気かと云わぬばかりに叡山が聳えている。

「恐ろしい頑固な山だなあ」と四角な胸を突き出して、一寸桜の杖に身を倚たせていたが、

「あんなに見えるんだから、訳はない」と今度は叡山を軽蔑した様な事を云う。

「あんなに見えるって、見えるのは今朝宿を立つ時から見えている。京都へ来て叡山が見えなくなっちゃ大変だ」

「だから見えてるから、好いじゃないか。余計な事を云わずに歩行いていれば自然と山の上へ出るさ」

細長い男は返事もせずに、帽子を脱いで、胸のあたりを煽いでいる。

「細長い男」が甲野欽吾で「四角に出来上った男」は宗近一である。甲野家の財産を狙っている藤尾の母が、娘の藤尾と詩人の小野清三との間に既成事実を作ろうとして、神経衰弱の療養を理由に、宗近に甲野を京都旅行に誘わせたのである。甲野家にとっては重い意味が隠された旅行だったわけだが、なぜ京都でなければならなかったのだろうか。

　物語の仕掛けとしては、その後京都から上京する井上孤堂と小夜子親子と二人を出会わせなければならなかったからという理由になる。だから物語としては必然だったと言える。しかし、藤尾の母を含め、物語の登場人物においては、気晴らしの旅行にふさわしければどこでもよかったはずだ。

「もとより比叡山は、天皇制権力と深く結びついた宗教的場所（トポス）であり、従って激しい権力闘争の場でもあった」と、小森陽一は説いている（「漱石深読――第四回『虞美人草』」『すばる』二〇〇九・四）。たしかにその通りで、だから京都なのかもしれない。さらに「深読（しんどく）」すれば、この後に二人が帰郷してから展開される、甲野家における「激しい権力闘争」を予告する「場所（トポス）」として京都が用意されたのかもしれない。

　東京と京都との対比については、竹盛天雄にすぐれた論がある（「『虞美人草』の綾――「金時計」と「琴の音」――」『漱石　文学の端緒』筑摩書房、一九九一・六）。甲野と宗近が京都の宿で聴いた小夜子の「琴の音」は、「金時計が価値の中心となっている東京に対する京都の価値としての意味をもつ」と言うのだ。

小野は、東京帝国大学文科大学を首席で卒業して恩賜の「銀時計」を授かった「銀時計組」である。それは、時間を巧みに使わなければ社会的成功はおぼつかない生存競争の時代にとって、まさに立身出世の象徴だった。その小野がさらに「金時計」を欲するのが、この物語の骨格をなしている。それに対して、「琴の音」は「過去」に生きる孤堂や小夜子を象徴している。こうした竹盛の論は、当時の東京と京都の記号論的価値の差異をみごとに炙り出している。

これに付け加えるならば、『虞美人草』の物語の力学は東京を否定し、京都を肯定していると言うべきだろうか。こう言うときの「東京」は立身出世＝近代の別名であり、京都は明治民法＝前近代の別名である。

成立事情からすれば明治三一年に施行された明治民法は近代的な法制度の整備であるはずだが、江戸時代の武家や公家の慣習を基礎にしたその思想は（保守派の批判を浴びながらも）、決して近代を象徴してはいなかった。当時の読者は「東京」を熱烈に支持し、「京都」は「過去」としてしか見なかったはずだ。その「京都」に肩入れしすぎたことに、『虞美人草』の作者としての漱石の失敗があったことはすでに述べた。漱石の反＝近代の感性の結果だった。

さらに「深読」するなら、甲野と宗近の京都から東京への移動は、明治初年の天皇の御幸を想起させはしないだろうか。これが実質的な遷都だったことは言うまでもない。そうだとすれば、甲野と宗近の上京後に行われる「激しい権力闘争」こそが、近代と前近代との「闘争」だったと言っていい。その「闘争」のために必要なあるものをあざといまでに見せつけるのが、東京で開催された博覧会だった。そして、そのあるものとはほかならぬ「女」だったのである。

博覧会という事件

博覧会こそが、『虞美人草』という小説が冒頭から待ち望んでいたものだった。「博覧会」という言葉がはじめに登場するのはほかならぬ孤堂の手紙の中においてだった。この「博覧会」とは、『虞美人草』が「朝日新聞」に掲載された明治四〇年の三月二〇日から七月三一日まで上野恩賜公園で開催された東京勧業博覧会のことである。「朝日新聞」は連日博覧会の記事を掲載していたから、あるいは孤堂が上京の車中で読んだ「朝日新聞」にもそうした記事が載っていたかもしれない。

博覧会は単なる見せ物ではなかった。それはまちがいなく近代のイデオロギー装置だった。その象徴がイルミネーションだ。博覧会のイルミネーションは夜を昼に変えることで、近代のイデオロギーをみごとに可視化することに成功した。ヴォルフガング・シヴェルブシュが指摘するように（『闇をひらく光　19世紀における照明の歴史』小川さくえ訳、法政大学出版局、一九八八・三）、光は近代国家にとって鉄道網と同じくらい重要な意味を持っていた。

博覧会のイデオロギーをみごとに示してみせたのは、一八五一年にロンドンで開催された史上初めての万国博覧会だと言う（吉見俊哉『博覧会の政治学　まなざしの近代』中公新書、一九九二・九）。それまでフランスで行われていた国内博覧会に対して、この博覧会は「万国」を謳って、国境という政治的な枠組を取り払って、商品を前面に打ち出したからである。政治ではなく、商品こそが全世界を制覇しうる新しいイデオロギーであることを示したのだ。

そこでスペクタクル形式に展示された商品は差異の体系を織りだし、自らを単にもの以上の何かに仕立て上げていた。その結果、それまで生活必需品を必要に応じて買うことしかしていなかった大衆は、博覧会によってはじめて商品を比較することを知らされたと言う。それは、視線のための新しい娯楽の誕生だったのだろう。

ベンヤミンは、その有名なエッセイでこう言っている。

万国博覧会は商品という物神（フェティッシュ）の霊場である。（中略）万国博覧会は商品の交換価値を神聖化する。それが設けた枠の中では、商品の使用価値は後景に退いてしまう。（「パリ――十九世紀の首都」『ヴァルター・ベンヤミン著作集 6』川村二郎訳、晶文社、一九七五・九）

明治四〇年に開催されたこの東京勧業博覧会が、こうした万国博覧会と同じ性質を持つことは改めて言うまでもないだろう。日本でも、明治一〇年に上野で第一回の内国勧業博覧会が開催されて以降、一四年の上野、二三年の上野、二八年の京都、三六年の大阪と計五回の内国勧業博覧会が開催されていた。この東京勧業博覧会は、原材料か生産かどちらか一方でも東京に関わりがあれば出品が許されたので、実質的には内国勧業博覧会と言ってもいい規模を誇っていた。さらには、外国館を設けて、海外にも視野を広げていたのである。

そして「イルミネーションの大壮観」（『商工世界太平洋　臨時増刊　東京勧業博覧会』第六巻第六号、博文館、明治四〇年三月）といった文章が示すように、光の祭典としての趣が強調されていた。博覧会が光の祭典であることについては、美留町義雄「博覧会の夜　Paris-Tokyo――『虞美人草』における電気の表象について――」(『大東文化大学紀要〈人文科学〉』第四十八号、二〇一〇・三)が国際比較に詳しいが、ここでは東京勧業博覧会のイルミネーションだけに触れておこう。

東京勧業博覧会におけるイルミネーションの数は、前回の第五回内国勧業博覧会の六七〇〇燈に比べて三万五〇八四燈と、文字通り一桁違っていた。甲野と藤尾、宗近と糸子兄妹と、孤堂父子を連れた小野は、不忍池を中心に循環するように設定された第二会場で偶然出くわすが、この第二会場は台湾館、外国館、三菱館などが建てられ、いわば当時の日本の帝国主義的な欲望があらわになっている場所でもあった。和田敦彦の指摘をまつまでもなく、台湾そのものを「見せ物」とした台湾館は、特にそのような場所としてあった(「博覧会と読書　見せる場所、見えない場所、『虞美人草』」『漱石研究』第十六号、翰林書房、二〇〇三・一〇)。

一二二ページに、甲野や小野が見たはずの光景を、当時大量に刊行された博覧館案内や雑誌の一つから掲載しておこう(『帝国画報　臨時増刊　東京博覧会大画報』明治四〇年五月)。台湾館と日本橋のミニチュアと夜景の中のイルミネーションである。台湾館は、宗近が「これは奇観だ。ざっと竜宮だね」と口にする通りであり、日本橋のミニチュアも地の文に「白い石に野羽玉(ぬばたま)の波を跨(また)ぐアーチの数は二十……」とある通りである。漱石はこの東京勧業博覧会に実際に足を運んでいるが、こうした博覧会案内の類を参照しながら『虞美人草』を書いたのかもしれない。

東京勧業博覧会には日露戦争後の経済勃興と関西への対抗意識といった大きな意図が込められ

ていた。一等国と帝都の威信がかけられていたわけだ。後者について触れた文章を引用しておこう。

明治二十三年内国博覧会が上野にて開かれし以来、東京には博覧会と称す可きものなかりしに拘らず、第四回は京都にて、第五回は大阪にて、いづれも大成功を以て終りしは、東京人士の私かに遺憾とせし処なりき。故を以て、一度此挙を起すや、東京の官民は靡然として之に走れり。(中略)東京人士は、此博覧会をして、少くとも関西にて成功したる博覧会と拮抗せしめ、否な競争せんとするの態度を示すものなり。換言れば、大阪にて開きたる政府の博覧会よりも、東京が開きたる博覧会は一段上に在りきとの讃辞を得んとするに外ならざるなり。(前出「東京勧業博覧会或意味に於て世界的博覧会」『商工世界太平洋　臨時増刊　東京勧業博覧会』)

先に「明治初年の天皇の御幸を想起させはしないだろうか」と書いたのは、こういう文脈を踏まえてのことである。

四〇年前までは、天皇は京都にいた。しかも、千年以上にわたって関西にいた。それがいまは東京にいる。いま、「帝都」は東京なのである。そのプライドが、こうした文章となって表れたのだろう。この関西に対する激しい対抗意識は、すでに二百数十年にわたって「江戸」が日本の政治の中心であったにもかかわらず、天皇を関西から奪った近代以降は、かえって「東の京」と名づけられてしまった東京の劣等感の裏返しに違いない。したがって、この東京勧業博覧会には

（上）台湾館と（中）日本橋のミニチュア。（下）右から台湾館、外国館、三菱館。甲野たちが見たはずの光景。

新しい「帝都」の威信がかけられていたのだ。

しかし『虞美人草』の言説は、こうしたすべての事柄を嫌悪しているようだ。博覧会こそは近代のイデオロギー装置であり、忌むべき二〇世紀文明の象徴だからである。

文明を刺激の袋の底に篩い寄せると博覧会になる。博覧会を鈍き夜の砂に漉せば燦たるイルミネーションになる。苟しくも生きてあらば、生きたる証拠を求めんが為めにイルミネーションを見て、あっと驚かざるべからず。文明に麻痺したる文明の民は、あっと驚く時、始めて生きているなと気が付く。

この引用文の前では、人々は博覧会に「蟻」のように集まり、イルミネーションに「蛾」のように群がると、ひどい物言いである。こういう感性が、博覧会に熱狂する当時の読者に受け入れられるはずはなかった。

「私は商品だ」と、藤尾は決心した

近代は、女にとっても男にとっても過酷な試練を用意した。女の場合の試練の一つは、「美人」であることに女の最上の価値が置かれたことだろう。それが近代が女に用意した「自由」の形でもあった。『虞美人草』は残酷な小説で、美貌が女にとって唯一の「商品」であることを容赦なく暴き立てる。藤尾が結婚相手と決めている小野には昔からの許嫁である小夜子がいる。宗近は京都の宿で偶然その小夜子を垣間見て、「別嬪かね」と聞く甲野に、こう報告するのだった。

「ああ別嬪だよ。藤尾さんよりわるいが糸公より好い様だ」

「糸公」とは宗近の妹・糸子で、密かに甲野に想いを寄せている。『虞美人草』の女たちは、宗近の一言で「藤尾→小夜子→糸子」という具合に序列化されてしまうのだ。その小夜子が小野といっしょにいるところを藤尾が見てしまうのが、東京勧業博覧会会場なのである。小夜子が「綺麗」であることを確認した藤尾は激しく嫉妬する。つまり、「美人」という概念は、女にとっては際限がない概念なのだ。

「別嬪」という概念は、常により上の「美人」と比較される。それは、常によりよいものと比較され続ける商品と同じように、頂点を持たない。商品は使用価値を離れることができないが、はじめから使用価値を想定することができず、現実に根拠を持たない象徴的な交換価値のみに根拠を持つ「別嬪」という概念はより酷薄な競争を生きなければならない。交換価値という差異の体系の中での関係のみが絶対化するからである。

その結果、藤尾のように自分が「美人」であるという自意識を強烈に持った女であっても、他の女が自分より「美人」だと思い込むことになってしまう。女同士が無限に競いあうことになるのだ。あたかも商品が差別化を競いあうように、である。こうした女の自意識の魔術を利用したのが、『虞美人草』だったのである。

それに、序章でも引用したように、当時すでにこういう言説もあったのだ。

由来、婦人は撰定の地位に在らずして、被撰定の地位にあり、購買者の方にあらずして、売物の方なり、此点に於ける男女の地位、勢力の差や、大に婦人のためには、不便宜、不利益たりしなり。（静陵女史『処女の良人観』人文社、明治三五年五月）

「女という商品」という発想は、この時代の日本でもすでに共有されていたのだ。中村雄二郎は、「子供」と「女性」を、近代が「発見」した「身近な深層的人間」だとしているが（『魔女ランダ考　演劇的知とはなにか』岩波書店、一九八三・六）、近代はこのようにしてしか女を「発見」することができなかったのである。

二四歳、藤尾の嫉妬

繰り返すが、上野で開催されていた東京勧業博覧会会場で小野清三と小夜子を見た藤尾が、小夜子が美人であることに強烈に嫉妬したことはまちがいない。宗近一は京都で見た小夜子について「ああ別嬪だよ。藤尾さんよりわるいが糸公(いとこう)より好(い)い様だ」と言っているから、宗近の見立てによれば、藤尾、小夜子、糸子の三人では藤尾が一番美人だったのにである。

それは美人という概念には頂点がなく、美人とは女を際限のない競い合いの中に投げこむ装置だったからだ。佐伯順子は、明治の女たちはメディアが大量に流通させた美人写真の海を生き抜いていかなければならなくなったと論じている（『明治〈美人〉論　メディアは女性をどう変えたか』ＮＨＫブックス、二〇一二・一二）。美人写真帖も多く刊行されたし、写真こそが美人の頂点を際限のないものにしたものだった。明治三〇年代に流行した女学生小説も、女学生のコスプレをした芸者の絵葉書が大量に出まわって女学生自体を風俗にしてしまわなければ、もう少しちがった形になったかもしれない。

恋する男の好みを考慮すれば、美人には競い合う共通の基準さえなくなる。中流階層以上に属する女に労働で汚されない「白い手」を持つことができる主婦の地位を用意し、女を家業を営むための労働力としてではなく容姿で選ぶようになった近代において、それはどれほど過酷な競い合いだったことか。藤尾が自分は美人だという自意識に安住できなかったのは、こういう時代背景があったからである。

しかし、藤尾は博覧会の日以後、自分を美人という「商品」に仕立て上げる決心をした。それが、この物語をそれまでとはちがった次元に移し替えてしまうのだ。しかし、『虞美人草』で展開される物語＝悲劇が、自分を美人だと思う藤尾の高慢すぎるプライドがもたらしたものだとだけ読むのは、単純すぎるかもしれない。物語のはじめの方で多く語られるのは、たとえばこういう言葉だからである。

> 女の年は二十四である。小野さんは、自分と三つ違である事を疾（と）うから知っている。
> 美しき女の二十（はたち）を越えて夫なく、空（むな）しく一二三を数えて、二十四の今日（きょう）まで嫁がぬは不思議

である。春院徒に更けて、花影欄に酣なるを、遅日早く尽きんとする風情と見て、琴を抱いて恨み顔なるは、嫁ぎ後れたる世の常の女の習なるに、麈尾に払う折々の空音に、琵琶らしき響を琴柱に聴いて、本来ならぬ音色を興あり気に楽しむは愈不思議である。

この記述がある直後の場面で、藤尾は小野に「年を取ると嫉妬が増して来るものでしょうか」と問う。


「そうですね。矢っ張り人に因るでしょう」

角を立てない代りに挨拶は濁っている。それで済ます女ではない。

「私がそんな御婆さんになったら――今でも御婆さんでしたっけね。ホホホ――然しその位な年になったら、どうでしょう」

「あなたが――あなたに嫉妬なんて、そんなものは、今だって……」

「有りますよ」


この時、まだ藤尾は小夜子の存在を知らない。したがって、具体的な「嫉妬」の相手を指しているわけではない。しかし、女は年を取れば嫉妬深くなるという通念があったし、この時代においては嫉妬は女に固有の病のようにも語られていた。藤尾は近代という時代を正確に生きている。それは、藤尾だけの思い込みでは決してない。藤尾は母親にこう言われている。

「御前も今年で二十四じゃないか。二十四になって片付かないものが滅多にあるものかね。」

この母親の愚痴は、妹の藤尾の結婚問題を真剣に考えない甲野へ向かう。それは、すでに家督を相続して甲野家の戸主となって、家族に責任のある甲野欽吾に対する愚痴としては不当なものとは言えない。

注意しておきたいのは、藤尾の母親もまた、二四歳で未婚の女はおかしいと思っている点である。しかも「女の二十四は男の三十にあたる」のであってみれば、藤尾は二七歳の小野とさえ釣り合わないかもしれないのだ。藤尾が焦るのも無理はない。この焦りと負い目が、物語後半の博覧会以後の小夜子への「嫉妬」に拍車をかけるのである。

いま引いた一節は、次のように続いていく。

女の二十四は男の三十にあたる。理も知らぬ、非も知らぬ、世の中が何故(なぜ)廻転(かいてん)して、何故落ち付くかは無論知らぬ。大いなる古今の舞台の極まりなく発展するうちに、自己は如何(いか)なる地位を占めて、如何なる役割を演じつつあるかは固(もと)より知らぬ。只口だけは巧者である。天下を相手にする事も、国家を向うへ廻す事も、一団の群衆を眼前に、事を処する事も、女には出来ぬ。女は只一人を相手にする芸当を心得ている。一人と一人と戦う時、勝つものは必ず女である。男は必ず負ける。具象の籠(かご)の中に飼われて、個体の粟(あわ)を啄(ついば)んでは嬉(うれ)しげに羽搏(はばた)くものは女である。籠の中の小天地で女と鳴く音を競うものは必ず斃れる。小野さんは詩人である。詩人だから、この籠の中に半分首を突き込んでいる。小野さんは美事に鳴き損ねた。

これはいわゆる「女はこういうものだ」と決めつける本質論である。戦前にあっては女は制度的に中等教育までしか受けられず、その中等教育機関である高等女学校を卒業しても、それにふさわしい社会的地位さえ用意されていなかった現実をまったく無視している。そうであれば、女が社会的な仕事をすることは難しい。こういう意味での女性蔑視は、漱石文学においても最後まで抜けなかった。漱石もまた時代の制約の中で小説を書いていたのだ。だから、漱石を無条件でフェミニストとするのはまちがっている。

問題はそういう社会的な現実だけではなく、『虞美人草』に藤尾を追い詰める構造があるというところにある。それは藤尾という「商品」が流通し得ない構造である。

「謎」は世界の中にある

甲野は「死は万事の終である。又万事の始めである」と考えている。「死は万事の終である」ことはわかりやすいが、死が「万事の始めである」ことはわかりにくい。

冒頭の比叡山に登る場面での、甲野と宗近の会話である。

「この辺の女はみんな奇麗だな。感心だ。何だか画の様だ」と宗近君が云う。

「あれが大原女なんだろう」

「なに八瀬女だ」

「八瀬女と云うのは聞いた事がないぜ」

「なくっても八瀬の女に違ない。嘘だと思うなら今度逢ったら聞いて見よう」

「誰も嘘だと云やしない。然しあんな女を総称して大原女と云うんだろうじゃないか」


やや滑稽な会話だが、ここに二人の重要な認識論的な違いが現れている。注目に値するのは、「この辺の女」や「あんな女」を何と呼ぶかということだ。「八瀬の女」らしいという理由で宗近は「八瀬女」という聞き慣れない呼び方をしてみせた。一方、甲野は「あんな女を総称して大原女」と言うのだろうと、「大原女」という一般的な呼び方を選んだ。これは事象が先か名が先かという問題ではないだろうか。

名は人と世界との関わりの根源だと言っていい。名は世界を分節化し、逆に統合もする。そのような二通りの世界との出会い方があるということだ。宗近は世界を分節化するような事象との出会い方を選び、甲野は世界を統合するような事象との出会い方を選んだということだろう。もう一度、宗近が小夜子を見たことを甲野に話す場面を引用しておこう。


「別嬪かね」

「ああ別嬪だよ。藤尾さんよりわるいが糸公より好い様だ」

「そうかい」
「それっきりじゃ、余まり他愛が無さ過ぎる。そりゃ残念な事をした、僕も見れば宜かった位義理にも云うがいい」

宗近は「女」を「美人」に分節化し、さらに順位をつけてさえいる。個別の「美人」に関心を持っているわけだ。そのことによって、宗近は小夜子を「発見」することができたのだ。京都旅行は、このようにして小夜子を発見する旅だった。小夜子の発見は、このようにして藤尾や糸子をも再発見させただろう。それに対して、甲野は関心を示さない。「女」という「総称」で十分なのだ。個別の女を「女」という名に統合してしまう。甲野にとって、世界は固定された名の体系として現れていることになる。

次に、宿の襖について二人が会話する場面を引用しよう。『虞美人草』に頻出する「謎」という言葉をめぐって、示唆的である。

「分からんでもいいや。それよりこの襖が面白いよ。一面に金紙を張り付けた所は豪勢だが、所々に皺が寄ってるには驚ろいたね。まるで緞帳芝居の道具立みた様だ。そこへ持って来て、筍を三本、景気に描いたのは、どう云う了見だろう。なあ甲野さん、これは謎だぜ」
「何と云う謎だい」
「それは知らんがね。意味が分からないものが描いてあるんだから謎だろう」

「意味が分からないものは謎にはならんじゃないか。意味があるから謎なんだ」
「ところが哲学者なんてものは意味がないものを謎だと思って、一生懸命に考えてるぜ。気狂(きちがい)の発明した詰将棋の手を、青筋を立てて研究している様なものだ」

これは大学で哲学を勉強したらしい甲野に対する強烈な皮肉になってしまっている。

宗近は個別の事象が先にあって、その意味を考えるのが謎解きだと考えている。一方甲野は、すべての事象にはすでに意味があって、その意味を考えるのが謎解きだと考えている。甲野にとっての世界は、固定された意味の網の目として現れていることになる。だとすれば、甲野は世界は必ず謎解きができると考えるだろう。甲野の考え方に従えば、「謎」とはたまたま意味が隠されている状態にすぎないからである。世界が「意味」によって固定されていることが、死が「万事の始め」だということではないだろうか。

甲野が「宇宙は謎」と考えるばかりか、「親」も「兄弟」も「妻も子」も、そして「自分」さえも「謎」だと捉えるのは、自分が「世界内存在」でしかあり得ないことをよく知っているからである。これが、甲野という一人の作中人物のレベルにおける認識の構造である。しかし『虞美人草』を読む限り、甲野は自分を世界に対してメタレベルの位置に置いているように思える。それは、なぜだろうか。

語り手は遠慮している

『虞美人草』で甲野と宗近が出てくる場面ならどこでもいいのだが、任意の場面を引用してみよう。

春の旅は長閑（のどか）である。京の宿は静かである。二人は無事である。巫山戯（ふざけ）ている。その間に宗近君は甲野さんを知り、甲野さんは宗近君を知る。これが世の中である。

『虞美人草』の読者にとっては、どうということもない記述である。しかしごく少数の例外を除いて、語り手はなぜ甲野を「甲野さん」と呼び続け、宗近を「宗近君」と呼び続けるのだろうか。ついでに言えば、女はすべて呼び捨てである。もし語り手を実在の人物のように見なすなら、語り手は明らかに甲野に遠慮し、宗近に近しい感じを抱いているらしい。そして女は誰と言わず、見下しているらしい。

念のために確認しておくと、甲野は二七歳で宗近は二八歳だから、年齢から言えば「さん」と「君」が逆転している。甲野自身は自分を「世界内存在」だと認識しているが、語り手が甲野を「世界」から引き抜いてしまっている。この語り手独特の呼び方が、甲野があたかも『虞美人草』の世界に対してメタレベルに立っているような錯覚を、いや効果をもたらすのだ。

いま少数の例外を確認しておこう。まず甲野から。先の引用部の直前の記述である。

甲野さんの笑は薄く、柔らかに、寧（むし）ろ冷やかである。その大人しいうちに、その速（すみや）かなるうちに、その消えて行くうちに、甲野さんの一生は明かに描き出されている。この瞬間の意義を、そうかと合点するものは甲野君の知己である。

この少し後に先の「春の旅は長閑である」にはじまる一節が来る。そう考えると、この「知己」とは宗近以外ではあり得ない。宗近とこのような対等な関係における甲野を、語り手は「甲野君」と呼んでいるのである。この「甲野君」を作者漱石のミスと考えるのは自由である。しかし、そこからはなにものも生まれない。そして現実に「甲野君」と語られている以上は、「甲野さん」との差異の意味を分析する自由もまたある。違いがあれば意味がある。いや、違いがあれば意味づけても構わない。それが、小説を読むまっとうな態度ではないだろうか。

次に、宗近について確認しておこう。はじめは京都の宿でのたわいのない会話の場面である。

「そう落ち付いていちゃ仕方がない。こっちで降参するより外に名案もなくなった」と宗近さんは、とうとう我を折って部屋の中へ這入って来る。

ここは「這入って来る」とあるように、宗近が甲野のいる部屋に入る場面である。それを「来る」と語る語り手は、いま甲野の部屋の中にいる。したがって、甲野が宗近を迎えいれる構図なのである。語り手はその甲野の意識に寄り添って、宗近を「宗近さん」と語ったのだ。

語り手は、数学で言う「点」のように、位置だけあって面積を持たない。そこで、「ここ」や

「そこ」などのいわゆる「こそあど言葉」や、「行く」や「来る」のように移動を示す動詞に語り手の位置が現れやすい。この場面では「這入って来る」の「来る」に語り手の位置がはっきり現れているのである。

次は、名前はまだわからないながら、二人が小夜子について話題にする場面である。

「あれは京人形じゃない。東京ものだ」
「どうして」
「宿の下女がそう云った」
瓢箪に酔を飾る三五の痴漢が、天下の高笑に、腕を振って後ろから押して来る。甲野さんと宗近さんは、体を斜めにえらがる人を通した。色の世界は今が真っ盛りである。

ここは簡単である。酔っぱらいが後ろから来たので、二人が共にそれをよけたというのだから、甲野と宗近はセットなのである。だから、「宗近さん」なのだ。

こうした「さん」と「君」に関する語り手独特の遠慮がちな呼び方は、そう言ってよければ甲野への敬意を示している。しかし、語り手がさらに遠慮している人物がいる。小野である。呼び方も一貫して「小野さん」である。語り手は基本的に甲野視点だから、甲野の内面ばかりを語っているように勘違いしがちだが、そうではない。わずかながら藤尾の内面も語られている。そして、もっとも多く内面が語られているのは小野なのだ。小野について「小野さんは〜と思う」という記述がいかに多いことか。
それだけではない。次に示すような記述はほぼ小野だけに限られるのである。

思うに小野さんは事実の判決を一寸に逃れる学士の亀であろう。亀は早晩首を出す。小野さんも今に封筒の裏を返すに違ない。

家は小野さんが孤堂先生の為めに周旋したに相違ない。

小野さんは自分の感じを気の毒以下に分解するのを好まぬからであろう。

語り手は与えられた権利を行使して小野の内面を語ればいいはずだ。しかし、なぜか小野には甲野以上に気を使い、このように推量することがあるのだ。甲野の「さん」という呼び方が甲野に対する語り手の敬意を表しているとすれば、小野の「さん」は小野に対する語り手のよそよしさを表しているだろう。しかし、いずれも「配慮」という点では共通する。この物語において、甲野と小野は等価であるべきだったのではないだろうか。
甲野ははじめから藤尾を罰するつもりでいる。また水村美苗が論じているように、藤尾は小野が小夜子と結婚の約束をしていることを知らない。それを隠しているのは、小野の責任である。したがって、本当に罪を犯しているのは小野だと言える（『日本語で書くということ』筑摩書房、二〇〇九・四)。つまり、甲野がいなくても小野がいなくても、藤尾を罰することはできなかったのである。

そして、小野の罪をあたかも藤尾の罪であるかのように見せるのは、藤尾の二四歳から来る嫉妬であり、藤尾を忌むべき「二十世紀」の象徴とする甲野なのである。わけても藤尾のプライド高き嫉妬は、彼女を罰してもいい女に仕立て上げてしまう。この構図の中で藤尾は追い詰められ、「美人」という商品価値は「高慢」という意味しか持たなくなる。

語り手には、小夜子ではなく藤尾を選ぼうとする小野の内面が、財産目当てという以上には見えていなかったのではないだろうか。しかし、小野は語り手にも語り得ない内面を持ってしまっていたのだ。『虞美人草』の構造上、そうでなければならなかったはずなのだ。奇妙なことを言うようだが、そのことにうすうす気づいていたからこそ、語り手は小野を遠慮がちに語らなければならなかったのではないだろうか。このことを、水村美苗はまったく違った言葉で論じている。

漱石は「藤尾的なもの」を明確にしようとすればするほど「藤尾的なもの」に何ひとつ罪を帰すことができなかっただけではない。「藤尾的なもの」に何ひとつ罪を帰すことができなかったことによって、「藤尾的なもの」を殺す不当を訴える「近代小説」をいつのまにか書いてしまっていたのである。

もし仮に「藤尾的なもの」を殺すことが正当に見える仕掛けがあるならば、それは小野の内面に藤尾と対峙するようなリアリティーが与えられたときだけだろう。それは、小野に甲野に匹敵する内面を与えることでもある。しかし、『虞美人草』の語り手にその力量はなかった。甲野を物語世界のメタレベルの位置に外部化して、小野との対峙を回避したのである。だから、小野に遠慮するしかなかったのだ。それは、そのような語り手しか生み出せなかった漱石の限界でもある。

その結果、皮肉にも、藤尾はただ一人で「甲野的なるもの」に抗う実に魅力的な女として『虞美人草』の世界を生きることになったのである。明治四〇年の『虞美人草』は、美貌の女性藤尾に自由意志による結婚を許さなかった。それが時代の期待とずれているならば、許さないことに小説構成上のリアリティーを与えなければならなかったが、この時の漱石にその力量はなかった。それが漱石の反=近代の形であり、すなわち『虞美人草』の失敗だった。

事実と意味――『坑夫』

小説と写生文

『坑夫』（明治四一年）は退屈な小説である。しかし、漱石文学を考える時にはもっとも重要な小説かもしれない。話の筋は簡単である。

二人の女との三角関係に悩んで、自殺を考えて東京を逃げだしてきた一九歳の青年が、ポン引きに誘われて鉱山まで行き、坑夫になるために銅山（やま）の奥深くまで案内されるが、気管支炎の診断を受けて坑夫にはならず、帳付けの仕事を五ヶ月やったあと東京に帰る――それだけである。

ただし、その後「長い年月（としつき）」を経てから、彼が文章を書き演説をする仕事をするようになってこの「坑夫」という手記か小説を書いているのだとはっきり書き記されていることは重要である。つまり、回想形式の手記か小説ということになる。しかも、回想形式であることが作中で何度も言及され、強調されている。

『坑夫』は実験小説である。特に末尾が「自分が坑夫に就ての経験はこれだけである。そうしてみんな事実である。その証拠には小説になっていないんでも分る」と結ばれることから、漱石の小説論小説として読まれてきた。また、青年が見たことや感じたことが現在形の文章で延々と書かれている部分がほとんどなので、漱石が『文学論』などで論じていた「意識の流れ」を、日本近代文学でごく早い時期に小説化した試みとしても高く評価されている。

漱石が使う「小説」という言葉は、「日常ではあり得ないような、偶然で面白い出来事」というほどの意味か、「日常ではあり得ないほど整ったプロット」というほどの意味である場合がほとんどである。『坑夫』でも、迷子になった坑内で尊敬すべき坑夫・安さんと偶然出会ったことを「この人に逢ったのは全くの小説である」と書いているのがそのよい例だろう。

『坑夫』の末尾に従えば、こうした意味合いを持つ「小説」の対立概念が「事実」である。ここで言う「事実」は「まとまりのない平凡な日常」とでもなるだろうか。飴のように延びきった時間――。『坑夫』にこういう記述がある。鉱山へ向かうとき、ポン引きが道中で拾った二人連れが「ふいと消えてなくなっちまう」ことに関してである。

> これでは小説にならない。然し世の中には纏まりそうで、纏らない、云わば出来損いの小説めいた事が大分ある。(中略)小説になりそうで、まるで小説にならない所が、世間臭くなくって好い心持だ。(中略)もっと大きく云えばこの一篇の「坑夫」そのものがやはりそうである。纏まりのつかない事実を事実のままに記すだけである。小説の様に拵えたものじゃないから、小説の様に面白くはない。その代り小説よりも神秘的である。凡て運命が脚色した自然の事実は、人間の構想で作り上げた小説よりも無法則である。だから神秘である。と自分は常に

思っている。

これを読むと、『坑夫』で言う「小説」批判は、この頃最盛期を迎えていた自然主義文学が唱えていた「無理想無解決」と通じるところがあることがわかる。「無理想無解決」とは、日常生活には劇的な結末などないのだから、小説もある種の哲学や人生観によってむりやり結末をつけるのはおかしいという趣旨の主張である。

こうした事態が起きたのは、自然主義文学も漱石がよって立つ文学観も、おそらくは明治三〇年代に文壇を席巻した硯友社風の劇的な物語（明治三〇年代に大流行した家庭小説も女学生小説も同じような傾向を持っていた）へのカウンター・カルチャーとして自らを位置づけていたからだろう。しかし、漱石がこの時期に寄り添ったのは正岡子規を源とする写生文だった。現代から見ると相通じるところもあるのだが、写生文は自然主義よりも早く文壇に現れたこともあって、写生文派と自然主義文学は文壇で対立していた。

漱石は『坑夫』を写生文として書いたとするのが、近年の『坑夫』論の方向だろう。そうした観点から読むと、『坑夫』で言う「小説」とは「事実」に対立するだけではなく、写生文に対立するジャンルとしての意味合いを帯びてくる。漱石は、『坑夫』で「小説」というジャンルを批判していたのだ。その結果『坑夫』を論じることは、自然主義文学をも含むジャンルとしての「小説」を相対化する試みだと考えられるようになる。

『坑夫』を写生文として詳細に検討して、「日本の近代散文の可能性の中心」を引き出そうとした壮大な試みが、小森陽一『出来事としての読むこと』（東京大学出版会、一九九六・三）である。『坑夫』に関する今回の文章とも問題意識が近いので重なりも多いが、煩雑になるのでいちいち言及しないことをお断りしておく。

この手記の書き手は、「世の中には纏まりそうで、纏らない、云わば出来損いの小説めいた事が大分ある」と言う。彼が纏まらないというのは、「事実」だけではない。人間の「性格」も「纏まらない」ものだと言う。『坑夫』において「無性格論」を述べたとされる、あまりにも有名な一節を引いておこう。はじめの「近頃」とは、この「坑夫」という手記を書いている頃のことである。

近頃ではてんで性格なんてものはないものだと考えている。よく小説家がこんな性格を書くの、あんな性格をこしらえるのと云って得意がっている。読者もあの性格がこうだの、ああだのと分った様な事を云ってるが、ありゃ、みんな嘘をかいて楽しんだり、嘘を読んで嬉しがってるんだろう。本当の事を云うと性格なんて纏ったものはありやしない。本当の事が小説家などにかけるものじゃなし、書いたって、小説になる気づかいはあるまい。本当の人間は妙に纏めにくいものだ。神さまでも手古ずる位纏まらない物体だ。然し自分だけがどうあっても纏まらなく出来上ってるから、他人も自分同様締りのない人間に違ないと早合点をしているのかも知れない。それでは失礼に当る。

漱石は『草枕』の中で「ターナーが汽車を写すまでは汽車の美を解せず」と書いていたし、『虞美人草』でも「小説は自然を彫琢する。自然その物は小説にはならぬ」と書いていた。「自然」を人が加工しなければ、「小説」にはならないと言っているのだ。この「自然」を「事実」と置き換えると、『坑夫』の「小説」批判や、「無性格論」につながる。『坑夫』には、「自然」や「事実」を加工したものが「小説」だという小説観が提示されているからである。

興味深いのは、「小説」に対する立場が、『虞美人草』と『坑夫』とではまるで逆だというところである。『坑夫』の「無性格論」は、『虞美人草』の登場人物たちのメリハリの利いた「性格」などまるでなかったかのような人間観である。

『坑夫』の末尾で言う「小説」批判は、「性格」を「性格」らしくまとめ上げ、「事件」を「事件」らしくまとめ上げる「小説」のプロット性とでも言うべきものを批判している。「性格」を「性格」らしく、「事実」を「事実」らしくまとめるような「小説」の機能を批判しているわけだ。これは、「小説」以前に「自然」や「事実」があると信じる素朴実在論のような趣がある。これでは、小説家のやるべきことは、「自然」や「事実」を文字に写すことだけになる。

写生文がそれを目指したことはまちがいないが、そもそも「自然」や「事実」を文字に写すことなど原理的にできるはずがない。現実に起きているのは、文字によって喚起されたイメージが、あたかも自然そのもの、事実そのものであるかのように錯覚されることである。それは、表現による効果の結果だ。それを、ふつうは単に「表現」と呼んでいるのである。漱石がそのことにはっきり気づくのは、田山花袋の批判に答えたときだったようだ。

漱石が『三四郎』を書くときに踏まえたと思しき翻訳物について、自然主義文学の中心作家田山花袋が、あれは作者の拵えものにすぎないと批判的に述べたことに対して（「評論の評論」『趣味』明治四一年一一月）、漱石はこう反論している。

拵へものを苦にせらるゝよりも、活きて居るとしか思へぬ人間や、自然としか思へぬ脚色を拵へる方を苦心したら、どうだらう。拵らへた人間が活きてゐるとしか思へなくつて、拵らへた脚色が自然としか思へぬならば、拵へた作者は一種のクリエーターである。拵へた事を誇りと心得る方が当然である。（「田山花袋君に答ふ」『国民新聞』明治四一年一一月七日、傍点原文）

ここに示されているのは、小説世界そのもののリアリティーは「自然」や「事実」そのままにあるのではなく、「拵らへた」結果得られるものだとする考え方である。『坑夫』の言葉を使えば、「纏める」ことにむしろ価値を見出していると言えるだろう。なにが漱石をこれ程までに劇的に変えたのだろうか。『虞美人草』と『三四郎』との間に書かれた『坑夫』は、こうした漱石の小説論的転回を解く鍵としてあるように思う。

自分を書くこと、あるいは意味の遅れ

改めて確認すれば、『坑夫』はある中年男性（？）による回想形式の手記（あるいは小説）だ

った。回想形式では、いまの時点で過去を書く自分（現在の自分）と、それによって書かれるかつての自分（過去の自分）という具合に、自分が二つに引き裂かれる。この二人の自分は現在の自分によって、書く行為を通して一人の自分に統合される。つまり、現在の自分は過去の自分に対してメタレベルの位置に立って、過去の自分を現在の自分に統合することになる。それは、成長物語になることが多い。

成長物語は、かつてのあれほど未熟だった自分と、いまの成熟した自分を「分裂」とは捉えずに、「成長」という価値観で結ぶことによって一人の自分として統合する物語だ。しかし『坑夫』は、こうした意味での回想形式の手記とは少しちがった印象を与えるし、ましてや成長物語と読むことはむずかしい。しかし、原理的には同じではないだろうか。

『坑夫』では「さっきから松原を通ってるんだが、松原と云うものは絵で見たよりも余っ程長いもんだ」（冒頭の一文）という現在形の文が多用されている。そこで、回想形式によって二つに分裂した自分を統合する現在の主体が失調していると、やや否定的に論じられることがある。現在の自分が過去の自分を意味づける力が弱いということだろう。過去は過去形の文で書かなければいけないということなのだろうか。実は、漱石は『坑夫』に似た小説をすでに書いている。『坊っちゃん』である。

『坊っちゃん』は東京から離れてまた東京に戻ってくる、あたかも貴種流離譚のような話型も『坑夫』と同じだし、四国での体験の多くは現在形の文で記述されている。そのせいもあってか、『坊っちゃん』も、四国でやんちゃをした〈坊っちゃん〉が東京に戻って「街鉄の技手」に収まっているのは、〈坊っちゃん〉の「死」だと言われることがある。四国でのやんちゃな〈坊っちゃん〉と東京に戻って手記を書いている〈坊っちゃん〉に一貫した主体が感じられず、その分裂を「成長」という価値観でまとめられないからだろう。

『坑夫』の同時代評の中に「自伝形式」としては違和感があると表明したものがあることを見出した佐藤泉の秀抜な『坑夫』論は、『坑夫』の「自伝体」を次のように意味づけている。

『坑夫』の自伝体は、自分の体験を他ならぬ自分が語るという直接性に真実さの根拠を据えるのでなく、逆に過去の自分に対し現在の自分が他者の場に立つことによってはじめて真実でありうるという発想に基づいている。(「『坑夫』——錯覚する自伝——」『国語と国文学』一九九三・八)

この意味づけをここまでの説明に接続すれば、こういうことだろう。

過去の体験を「〜した」という「た」止めの文体で書けば、それは過去の自分の体験を、現在の自分が過去の自分の体験としてきちんと位置づけたことになる。それが「自伝体」に「真実さ」(リアリティー)を与える。しかし『坑夫』ではこれとはちがった方法が採用されていて、過去の自分の体験を「〜する」という現在形の文で書くことによって、現在それを書いている自分と距離があることをむしろ強調している。しかも『坑夫』には、「こう書くと」とか「こう書けば」といった、現在この手記を書いていることへの自己言及が頻出する。これは現在の自分が過去の自分に対して「他者の場」にあることを示すことであって、それがむしろ「自伝体」としての「真実さ」を保証しているのだと、佐藤泉は言っていることになる。

定説（？）に反して、過去の自分より現在の自分の方が「自分」としての強度があるということだろう。読者は、この現実の自分の言葉に「真実」らしさの根拠を読むのである。

実際問題として、過去の体験に現在進行形の真実味を与えるために、過去の体験を現在形の文で書く「自伝体」はいくらでもある。過去のことを「〜している」といった文体で書く現在の自分は、過去を現在のように見せながらも、やはりメタレベルに立って現在形の文を統御する主体としてある。それだけの話だ。

過去の体験を現在形で書くたびに主体の失調を指摘されたのではたまったものではない。文章はもっと自由なものだ。問題は、この手記の書き手がなぜ「過去の自分に対し現在の自分が他者の場に立つこと」によって得られる「真実さ」を求めたかにある。

佐藤泉も注目している、次のような一節がある。

> 人間のうちで纏（まと）ったものは身体だけである。身体が纏ってるもんだから、心も同様に片附いたものだと思って、昨日と今日とまるで反対の事をしながらも、やはり故（もと）の通りの自分だと平気で済ましているものが大分ある。

「身体」という器がまとまっているからといって、身体の中味にある（かどうかはわからないが）心までまとまっていると考えるのは思い込みにすぎないと言うのだ。この手記の書き手は「自分のばらばらな魂がふらふら不規則に活動する現状を目撃して、自分を他人扱いに観察した贔屓目（ひいきめ）なしの真相から割り出して考えると、人間程的（あて）にならないものはない」（傍点石原）とも言う。それで『坑夫』には「矛盾」という言葉が頻出する。

人間の性格は一時間毎（ごと）に変っている。変るのが当然で、変るうちには矛盾が出て来る筈だから、つまり人間の性格には矛盾が多いと云う意味になる。矛盾だらけの仕舞は、性格があってもなくっても同じ事に帰着する。

これが『坑夫』の書き手が述べる「無性格論」の根拠である。さらに、東京を飛び出した昨日までの自分と、ポン引きに引っかかった今日の自分がまるでちがっていることを、「他人扱いに落ち着き払って比較するだけの余裕があったら、少しは悟れたろう」が、「惜（おし）い事に当時の自分には自分に対する研究心と云うものがまるでなかった」と、いま書いている。現在の自分が過去の自分を意味づけているわけだ。

なぜ人間にはこの青年が言うような「矛盾」が起きるのか。それは人間が「変わる」からだが、人間が「変わる」ように見える理由を、この手記の書き手はこう説明している。いかにも意識の解明に力を注いだ『文学論』の漱石らしい説明でもある。

病気に潜伏期がある如く、吾々の思想や、感情にも潜伏期がある。この潜伏期の間には自分でその思想を有ちながら、その感情に制せられながら、ちっとも自覚しない。又この思想や感情が外界の因縁で意識の表面へ出て来る機会がないと、生涯その思想や感情の支配を受けながら、自分は決してそんな影響を蒙った覚がないと主張する。その証拠はこの通りと、どしどし反対の行為言動をして見せる。がその行為言動が、傍から見ると矛盾になっている。

思想や感情が外面へ出るまでの「潜伏期」、つまりは時間差が、他人からは「矛盾」に見えるというわけだ。そして、この「潜伏期」は自分でも自覚できないのだとも言う。だとすれば、アイデンティティはどうやって保証されるのだろうか。それを示唆するのが、かつて一九歳だった自分が、ポン引きの「長蔵」から飯場頭へ引き渡された場面である。

「あなたは生れ落ちてからの労働者とも見えない様だが……」

飯場掛の言葉を此処まで聞いた時、自分は急に泣きたくなった。散ざっぱらお前さんで、厭になる程遣られた揚句の果、もう到底御前さん以上には浮ばれないものと覚悟をしていた矢先に、突然あなたの昔に帰ったから、思いがけない所で自己を認められた嬉しさと、なつかしさと、それから過去の記憶——自分はつい一昨日までは立派にあなたで通って来た——それやこれやが寄って、たかって胸の中へ込み上げて来た上に、相手の調子が如何にも鄭寧で親切だから——つい泣きたくなった。

飯場頭が呼びかけた「あなた」が、一九歳の彼をポン引きに引っかかった間抜けな青年を、「中学校へ入学した」経験を持つ中流の知識階層の青年へ変容させたのである。この青年のアイデンティティは、彼に「あなた」と呼びかけた他者が保証したのだ。飯場頭の「あなた」は、「生れ落ちてからの労働者とも見えない様だが」という言葉が雄弁に物語っているように、この青年の「身体」が引き出した言葉でもあった。このような「身体」とそれを「観察」する他者との往還関係が、青年のアイデンティティを保証している。

偶然出会った安さんという坑夫を青年が尊敬するのも、安さんの使う「漢語」が、彼が「高等教育」を受けたことを雄弁に物語っているからである。それが青年に、教育を受けた証としての「あなた」を浮かび上がらせるからだ。

繰り返すが、自己と他者との往還がアイデンティティを保証する。だからこそ、この手記の書き手は「あなた」の位置から、「過去の自分に対し現在の自分が他者の場に立つこと」を選び、過去の自分と現在の自分との往還を行っていたのである。その結果、この手記の書き手は、過去の自分の体験を現在形で書く文章をも統御することができたのである。

そして、一九歳の青年はこの手記の書き手へとみごとに「成長」している。つまり、かつてのあれほど未熟だった自分といまの成熟した自分を「成長」という価値観で結ぶことができるということだ。その「成長」の中味は単純である。

たとえば、これまでこの文章では「長蔵」をポン引きだとふつうに書いてきたが、一九歳の青年にはそれさえわかっていなかった。一九歳の青年は、「長蔵」が自分を坑夫にして「あとから周旋料でも取るんだろう」とは思っていた。しかし、「まだ長蔵さんのポン引きなる事を所謂ポン引きなる純粋の意味に於て会得する事が出来なかったのは、年が十九だったからである」と言う。この手記を書くいまなら、「長蔵」さんが「所謂ポン引き」だとわかるということだ。『坑夫』にはこういう記述があふれている。青年にとって、言葉の意味はいつも遅れてやってくる。しかし青年は、その時、その場で言葉の意味が痛切にわかる体験もしている。

この手記も終わりに近づいて、青年が坑夫になれるかどうか、診察を受けるために病院に行って、「ジャンボー」という葬儀を再び見たときのことである。

> こう云うのを運命というんだろう。運命の二字は昔から知ってたが、ただ字を知ってるだけで意味は分らなかった。意味は分っても、納得がむずかしかった。西洋人が筍を想像する様に定義だけを心得て満足していた。けれども人間の一大事たる死と云う実際と、人間の獣類たる坑夫の住んでいるシキとを結び附けて、二三日前まで不足なく生い立った坊っちゃんを突然宙に釣るして、この二つの間に置いたとすると、坊っちゃんは始めて成程と首肯する。運命は不可思議な魔力で可憐な青年を弄ぶもんだと云う事が分る。

たとえば「運命」という言葉の意味が痛切にわかる体験が、この青年の「成長」だった。この手記の書き手は、ただそれだけのことが書きたかったのかもしれない。

『坑夫』は一人称の小説だから、過去の自分がわからなかった意味を現在の自分はわかっているという「成長」として書くことができた。この「ジャンボー」のエピソードは、過去の青年が「成長」するとはどういうことかを理解したことを示している。『坑夫』は意味の理解に向けて「成長」するプロセスを書いた小説だったのである。

もしそうだとすれば、三人称小説においては「事実」の意味は誰が受けとるのだろうか。「活きて居るとしか思へぬ人間や、自然としか思へぬ脚色を拵へる」ことは、「人間」や「自然」の意味の受け手を「読者という場」として用意することではないだろうか。

三人称小説では「自分が他者の場に立つこと」を、過去と現在のちがいという時制の仕掛けとしてではなく、「観察者」として小説に組み込まなければならない。そう言えば『三四郎』には、『坑夫』の青年と同じように、二三歳の青年としてはあまりにも初心な三四郎という「観察者」がいた。これが、意味の遅れを小説の構造として組み込む方法だった。だから、『三四郎』は美禰子の「意味」を書こうとした「小説」としか読めないのである。

その「意味」の受け手は「読者という場」である。極端な言い方をすれば、『虞美人草』には「読者という場」がなかった。甲野欽吾がすべての「意味」を統括しようとしていたからである。しかし、『三四郎』はちがった。ここに漱石の小説論的転回があった。一人称から三人称への転換は、漱石にとってそれほど大きな仕事だったのである。

漱石のジェンダー・トラブル

漱石文学上の大きな疑問は、『虞美人草』のような無残な失敗作を書いてしまったにもかかわらず、なぜわずか一年で『三四郎』という完成度の高い魅力的な小説を書きえたのかというところにある。この疑問に答えるヒントとして、『虞美人草』と『三四郎』の間に『坑夫』が書かれたことの意味を、ジェンダー・トラブルという観点から考えておこう。

ジュディス・バトラーは、ジェンダーについてこう言っている。

ひとが「ある」ジェンダーをもつと言えるだろうか。それとも「あなたのジェンダーは何ですか」という質問に暗示されているように、ジェンダーとは、ひとがそうであると言えるような本質的な属性なのだろうか。(『ジェンダー・トラブル　フェミニズムとアイデンティティの攪乱』竹村和子訳、青土社、一九九九・四)

いまではもう常識となっていることだが、バトラーは現実世界におけるジェンダーの問題を論じている。それを文学に応用してみよう。

注目したいのは、『坑夫』に「矛盾」という言葉が頻出することである。この言葉を序章で論じてきた時代的なコンテクストの中に置くなら、「矛盾」は当時としては女を語る言葉だったことに気づかされる。漱石がそれを意識して『坑夫』を書いたとは言わない。しかし、漱石は「矛盾」という言葉を中心にしてこの青年の「無性格論」を書くことで、同時代的には外面からは統一された自我を持てない存在と見られていた「女」の内面をはからずも書いていたのではなかったか。それは、過去の行動的だった「物語的主人公」の自分について考え続ける、現在の「小説的主人公」が行ったことである。このとき、漱石は「小説的主人公」の可能性をも手にしていたのだ。

漱石は『三四郎』で、池の端での美禰子の「挑発」を見送った小川三四郎に「矛盾」と口にさせたとき、このことに気づきはしなかっただろうか。少なくとも、「矛盾」が『坑夫』のキーワードだったことは意識したはずである。だから、美禰子を内面に物語を秘めたあれほどまでに魅力的な「女」として書くことができたのではないだろうか。

漱石は男を書いたつもりだったが、その実女を書いてしまっていた。文学のなかのジェンダーは「本質的な属性」などではない。これこそが、漱石のジェンダー・トラブルと言うべき「事件」だったのである。漱石も女を「矛盾」と形容する近代のコンテクストの中でしか生きられなかったが、このときそれと知らずに、そのコンテクストを利用して文学上のジェンダー・トラブルを引き起こしていたのかもしれない。

言葉と都市——『三四郎』

故郷から遠く離れて

小林秀雄が、日本の近代は西洋の受容と引き換えに故郷を失ったと論じた有名な随筆『故郷を失った文学』（『文藝春秋』）を発表したのは昭和八年五月のことだった。小林秀雄自身は明治三五年の東京生まれだが、東京生まれという言葉がもつニュアンスを実感できないと言う。

私は人から江戸っ児だといわれるごとにいつも苦笑いする。何故かというと、そういう人が江戸っ児という言葉で言い度い処と、私が理解している江戸っ児という言葉との間にあんまり開きがありすぎるからだ。東京に生れた私ぐらいの歳頃の大多数の人々は、私ぐらいの歳頃で東京に生れたという事がどのくらい奇っ怪なことかよく知っている。

つまりは、小林秀雄の世代の東京生まれには「江戸っ児」という気質へのリアリティーがないということなのだろう。それにもかかわらず、他の地方の人々は彼らを「江戸っ児」と呼ぶ。そのように見られることも理解できるから、東京生まれとしてはアイデンティティが捩れてしまう。この感覚を「奇っ怪」と言っているのだ。

このことを小林秀雄は、こう言い換えている。「言ってみれば東京に生れながら東京に生れたという事がどうしても合点出来ない、又言ってみれば自分には故郷というものがない、というような一種不安な感情である」と。「自分には故郷というものがない」とは、東京に生まれながら「江戸っ児」ではないということを意味しているだろう。では「江戸っ児」ではない東京生まれとはどういう存在なのだろうか。小林秀雄はこう言っている。

自分の生活を省みて、そこに何かしら具体性というものが大変欠如している事に気づく。しっかりと足を地につけた人間、社会人の面貌（めんぼう）を見つける事が容易ではない。一と口に言えば東京に生れた東京人というものを見附けるよりも、実際何処に生れたのでもない都会人という抽象人の顔の方が見附けやすい。この抽象人に就いてあれこれと思案するのは確かに一種の文学には違いなかろうが、そういう文学には実質ある裏づけがない。

「東京に生れた東京人」とは、「しっかりと足を地につけた人間」のことで、「社会人の面貌」を「江戸っ児」という気質として体現した人間のことだろう。しかし、小林秀雄の世代の東京生まれは、自分をそのような「東京人」とは実感できず、「都会人という抽象人」としか感じられないと言うのである。――こうした感覚を参照しながら、漱石文学を読んでみたい。

言うまでもなく、夏目漱石は慶応三年江戸生まれの正真正銘の「江戸っ児」だった。しかし、漱石もまたこういう小林秀雄の感覚を味わい続けたのではないだろうか。小林秀雄は東京に生まれながら、「自分には故郷というものがない」と言い切ることができた。しかし漱石は、東京が「故郷」でなくなっていく、まさにその過程を生きた世代だったろう。漱石の世代の「東京生まれ」は、「自分には故郷というものがない」と言い切ることはできなかった。

たとえば『坊っちゃん』の語り手である二三歳の青年は、明治一五年に東京で生まれて東京で教育を受けながら、四国の城下町の中学に行かなければ、自分が「江戸っ子」だと実感できなかった。この青年は四国の中学でさまざまな出来事を体験することによって、はじめて自分が「江戸っ子」だという実感＝アイデンティティを持つことができたのである。

改めて確認すれば、『坊っちゃん』は、この青年が四国で「江戸っ子」になる物語だった。しかし、このことは逆に、東京における「江戸っ子」の喪失を雄弁に物語っている。小林秀雄の随筆を参照すれば、『坊っちゃん』こそが東京が「故郷」でなくなっていく、まさにその過程を書いた小説だったことが見えてくる。

漱石は、小林秀雄の言う「都会人という抽象人」を書き続けた作家でもあった。「この抽象人に就いてあれこれと思案するのは確かに一種の文学には違いなかろうが、そういう文学には実質ある裏づけがない」と語る小林秀雄が漱石文学にほとんど言及しなかった理由は、こういうところにあるのかもしれない。

実は、『三四郎』は『坊っちゃん』とは逆さまの構図を持った小説で、『坊っちゃん』の主人公は〈東京→四国→東京〉と移動するが、『三四郎』の主人公は〈九州→東京→（九州？）〉と移動する。『三四郎』は逆さ『坊っちゃん』なのだ。ここで、『坊っちゃん』と『三四郎』の親和性を理解するために、〈坊っちゃん〉の兄が九州に赴任したことを思いだしておいてもいいかもしれない。あるいは、〈坊っちゃん〉も小川三四郎も同じく二三歳だったことを思いだしておいてもいいかもしれない。

すなわち『三四郎』は、小川三四郎という青年が故郷を失って「都会人という抽象人」になるまでの過程を書いた物語なのである。まさに逆さ『坊っちゃん』である。それをもし三四郎の「成長」物語と読む読者がいるとすれば、それは「都会人という抽象人」になることに価値を置くような人生観を持っていることの何よりの証左となるだろう。

新潮文庫の累計の売り上げ部数によれば、漱石文学の人気小説は『こころ』、『坊っちゃん』、『三四郎』の順になるが、いずれも広い意味での学校小説なのである。漱石文学では、それ以外の小説も何らかの形で学校と関わっているものがほとんどである。これは漱石が学校以外の世界をほとんど知らなかったからだろうが、それこそが漱石を「国民作家」に仕立て上げた理由ではなかっただろうか。

ほんの二〇年ほど前まで、学校を出て立身出世すること、あるいはそこまではいかなくとも、社会的な成功をおさめることが人々の夢だった時代を、近代の日本人は生きてきた。私たちの近代は、「都会人という抽象人」になることをずっと目指してきたのだ。故郷を離れて思考し、現実生活でも故郷を離れて生きてゆくのがエリートというものだからである。近代日本の高等教育システム自体が、そういうエリートを養成するように設計されていた。

事実、故郷を持たない「都会人という抽象人」になるための学校だった旧制高等学校の読書調査（断片的な記録ながら）では、夏目漱石は常に上位に位置する人気作家だったし、『こころ』も好んで読まれた小説だった（筒井清忠『日本型「教養」の運命　歴史社会学的考察』岩波書店、一九九五・五）。彼らエリートたちは、『こころ』の「先生」にこそシンパシーを感じていただろう。そう、日本の近代ではエリートになることは、故郷を失って「都会人という抽象人」になることを意味したからである。

はじめに参照した小林秀雄自身が、東京帝国大学出身のエリートだったことを忘れてはならない。こうした事実を踏まえておかないと、『故郷を失った文学』を読み誤ることになりかねない。小林秀雄の持ったアイデンティティが捩れた感覚は、まちがいなく東京生まれのエリートの感覚なのである。たとえ小林秀雄の世代であっても、たとえば下町に住む庶民に彼のような感覚があったとはとうてい思えない。

漱石文学の主人公たちのほとんどは、東京帝国大学を卒業していながら、仕事もせずにいわば「高等遊民」として暮らしている。それは、エリートが「都会人という抽象人」にならざるを得ないような日本の近代のあり方に対する強烈な批判だったかもしれない。しかし、そういう主人公たちこそが、誰よりも故郷を持たない「都会人という抽象人」に見えることも否定しがたい事実なのである。

「高等遊民」の典型とも言える『こころ』の「先生」は、故郷の新潟を捨てて、東京で利子収入だけで暮らす根無し草である。「先生」は「しっかりと足を地につけた人間」でもなければ、彼に「社会人の面貌」を見ることもできない。「先生」こそは徹底した「抽象人」なのだ。『三四郎』の小川三四郎は、そういう「都会人という抽象人」になるために九州から上京してきたのだ。三四郎がそれを自覚しているといないとにかかわらず、それが彼の選び取った、近代を生き延びるための宿命だった。

三四郎のいるべき場所

広田萇、野々宮宗八、佐々木与次郎、そして小川三四郎。言うまでもなく『三四郎』の主要な男の登場人物である。彼らは揃いも揃って故郷喪失者なのだ。広田や野々宮の引っ越しがことさらのように書き込まれるし、与次郎は広田の家に居候する身である。野々宮は三四郎と同郷だから言うまでもないし、広田や与次郎もまた三四郎同様に、かつて上京した男たちであることを物語っている。さらに彼らは前田愛の言う、東京帝国大学を中心とした〈本郷文化圏〉に所属している（『幻景の街——文学の都市を歩く』小学館、一九八六・一一）。

『三四郎』という小説自体が、当時流行の「東京案内」や「東京遊学案内」の役割を果たしていたとも言われるが、大学構内まで含めた〈本郷文化圏〉の「案内」ができる作家は多くはなかっただろう。『三四郎』では、与次郎が三四郎にとって様々な方面の案内役を務めている。その与次郎がまず案内するのは大都会東京（当時、よく使われた表現）だが、新橋や日本橋といったいわば〈下町文化圏〉は駆け足で済ませ、最後に三四郎に「これから先は図書館でなくっちゃ物足りない」と言い添えて、さっさと帰ってしまった。それで「始めて図書館に這入る事を知った」三四郎は、翌日から大学の図書館に通いはじめる。

それにしても、大学の図書館が「東京案内」のゴールとは、何と的確で何と皮肉なことだろう。故郷の母親に指示されて大学に野々宮の研究室を訪れたときも、三四郎には野々宮の研究装置は無意味な数字の羅列にしか見えなかった。三四郎は、まだ学問とは無縁なのである。新入生だから当然かもしれない。だから三四郎は、「学生生活の裏面に横たわる思想界の活動には毫も気が付かなかった」と語り手に指摘（？）されてしまう。

与次郎に「大学の講義はつまらんなあ」と話しかけられても、三四郎はそもそも大学の講義が「つまるかつまらないか」さえ「些とも判断が出来ない」レベルでしかなかった。そこで見るに見かねた与次郎は、三四郎を東京案内に連れだしたのだった。新橋と日本橋へ行って「どうだ」と聞き、「平の家」というおそらくは老舗の京都料理の店へ行って夕飯を食べて「どうだ」と聞き、「落語家」の小さん論を滔々と語って「どうだ」と聞いたが、三四郎はいずれにもまともな答えはできなかった。三四郎の「難有う、大いに物足りた」という返事はいかにも心許ない。それで最後に「これから先は図書館でなくっちゃ物足りない」である。

書物こそは、東京帝国大学を中心とした〈本郷文化圏〉に住む男たちに最もふさわしい人生の拠り所だった。三四郎が上京する汽車で読んだのはベーコンで、図書館で読んだのはたぶんヘーゲルである。試みにアフラ・ベーンも借り出している。三四郎が大学の図書館で読んだのは、ほぼまちがいなく洋書だけだったろう。比喩的に言えば、〈本郷文化圏〉こそは当時の日本でもっとも西洋に近い場所だった。その中心が大学の図書館なのである。

与次郎は専門学校出身の選科生である。これはいまで言えば、許可された科目だけを履修できる科目等履修生に近いかもしれないが、一定の条件を満たせば学士の称号が得られた。しかし、あくまで選科生である。熊本の第五高等学校を卒業して、東京帝国大学のおそらくは文科大学(いまの文学部)に進学した三四郎とはちがう。そこで与次郎は本物の学問に触れなければならないと、三四郎を大学の図書館まで案内したのである。三四郎を案内した与次郎自身はどうやら〈下町文化圏〉にも精通しているようだ。その与次郎にして、「東京案内」の最後は大学の図書館なのだ。

『三四郎』は基本的に三四郎視点から語られているが、先に示した「学生生活の裏面に横たわる思想界の活動には毫も気が付かなかった」のように、かなり実体化した語り手が三四郎の知らない位置から三四郎を批評的に語る文が全体で一三あることを、私は指摘したことがある(「鏡の中の『三四郎』」『反転する漱石』増補新版、青土社、二〇一六・一〇)。

三四郎が美禰子を追う「物語的主人公」だとするなら、その三四郎について考える「小説的主人公」の役割を、このかなり実体化した語り手が担っていると言っていいかもしれない。ただし、『三四郎』の語り手はそうとうな自信家で、後期の漱石文学の男たちのように、「〜について考える」ことそれ自体が彼らの実存をおびやかすようなことはない。『三四郎』が一九世紀的リアリズム小説として安定しているのはそのためである。

この一三例の中で、ある共通する特徴を持つ文(またはその一部)だけを、何章にあるかを示して挙げておこう。

けれども田舎者だから、この色彩がどういう風に奇麗なのだか、口にも云えず、筆にも書けない。（二章）

この田舎出の青年には、凡て解らなかった。（二章）

田舎者だから敲するなぞと云う気の利いた事はやらない。（三章）

田舎者の三四郎にはてっきり其処と気取る事は出来なかったが……（六章）

「田舎者」という言葉が使われている文だけを示してみた。はっきりしているのは、語り手が三四郎を「「田舎者」だから様々なことがまだわからないのだ」と意味づけようとしていることである。与次郎にも「君は九州の田舎から出たばかりだから」（四章）と言われている。『三四郎』は一三章からなるから、これらの文が前半に集中していることがわかる。つまり、後半になると三四郎は〈本郷文化圏〉に馴染みはじめるのだ。あたかもそれを引き留めるかのように、故郷の母から手紙が届く。四国で奮闘する〈坊っちゃん〉に東京の清から手紙が届くように。

故郷を失った男たち

〈本郷文化圏〉に馴染むとはどういうことなのだろうか。それは、当時の教育制度に深く関わっている。

『三四郎』の小説中の「現在」は明治四〇年頃だと考えられる。「福岡県京都郡真崎村小川三四郎二十三年学生」と宿帳に書く三四郎は、明治一七年頃の生まれということになる。「明治十五年以後に生れた」と言う与次郎とほぼ同年代である。おそらく三四郎は、当時福岡県に五校あった中学のうち「福岡県京都郡豊津村」にあった「福岡県立豊津中学校」を明治三七年に卒業して（八章に「豊津」に関する記述がある）、二〇歳で熊本の第五高等学校に進学したのだろう。

当時の学制としては、六歳で尋常小学校（六年制）、一二歳で中学校（五年制）、一七歳で高等学校（三年制）、二〇歳で大学（三年制）に進学するのが最短コースで、二三歳で大学卒業だが、これらのどこかでしくじることが多く、実際の大学の卒業年齢は二五歳から二六歳がふつうだった。したがって、いま東京帝国大学に入学したばかりの三四郎は、当時の大学進学者としてごくふつうの経歴だと言える。

その三四郎が上京する汽車でベーコンを原書で読み、入学してすぐヘーゲルを原書で読むのは、現在から見ればあり得ないような高度な教養を持った新入生だと言える。三四郎にそれだけの教養があったのはなぜだろうか。

明治一九年の中学校令は、中学校を各府県で設置できる尋常中学校（五年制）と、文部大臣の管轄する高等中学校（二年制）とした。高等中学校は「法科医科工科文科理科農業商業等ノ分科ヲ設クルコトヲ得」としていた。つまり、高等中学校は尋常中学校の上位に位置する学校として位置づけられ、帝国大学進学のための基礎教育と、卒業後にすぐ実社会へ出られるような専門教育との二つの目標を持っていた。

しかし、現実には高等中学校は帝国大学進学のための基礎教育だけにシフトした。それを追認したのが、明治二七年の高等学校令である。高等中学校を高等学校と名称変更し、専門学科を教授する部は四年制、大学予科を三年制とした。三四郎が進学した第五高等学校は後者である。

明治四〇年当時、帝国大学は東京帝国大学と京都帝国大学と東北帝国大学の三校しかなかった。というより、制度上の「大学」そのものがこの三校しかなかったのである。たとえば東京専門学校は、組織変更して明治三五年に早稲田大学と名乗ったが、大正七年に公布された大学令で公立私立の大学の設置が認められるまでは、制度上はあくまで専門学校だった。

かなり大雑把な計算だが、三四郎が中学校に通っていたはずの明治三七年頃には、仮に三四郎と同じように一五歳から二〇歳までの五年間中学校に通うとして、この年齢の総人口約二〇〇万人に対して中学生は約一〇万人である。つまり、二〇人に一人の割でしか中学校には進学できなかったのである。

これが高等学校へ進むと、約一二〇万人に対してわずか五千人となる。実に二四〇人に一人の割でしか高等学校へは進学できなかったのだ。高等学校の卒業生数と大学の入学定員はほぼ同数だったから、大学や学部にこだわらないかぎり、高等学校を卒業すれば大学に進学できた。ちなみに、中学校以上の学校は男だけが通うことを許されていた。女のための教育機関は、実質的に中学校とほぼ同格の高等女学校までしかなかった。

三四郎が高等学校に進学した時点でいかに選ばれたエリートだったかがわかる。そしてここに旧制高校文化、いわゆる教養主義が花開くのである。旧制高校では、二つの外国語を学ぶことになっていた。大学で学問をすることは、すなわち外国語で学ぶことを意味した時代だったからである。旧制高校は外国語を学ぶための学校だったという説まである。

極端に言えば、当時学問をすることは西洋人になることだった。日本の学校は現在にいたるまで、西洋の学問を学ぶ洋学校なのだ。戦後の新制大学が、カリキュラムを実質的に自由化した一九九一年のいわゆる「大学大綱化」まで外国語を二科目必修にしていたのは、旧制高校の名残にすぎない。

旧制高校の教養主義の中心は、正規のカリキュラムとは別の「裏のカリキュラム」によっていた。これは自由な時間を手にしたエリートたちが自分から学ぶことを望んだものだった。その中心は文学と哲学だった（竹内洋『教養主義の没落　変わりゆくエリート学生文化』中公新書、二〇〇三・七）。

当時は大学でどの学部に進学するにしてもこの教養主義の洗礼を受けていたから、文学と哲学の素養があったのである。昭和になってからほかならぬ漱石文学が読まれたのも、この教養主義があったからだった。旧制高校は原則として全寮制だったから、近代日本のエリートはまさに純粋培養されたのだ。

それに当時は学校数が絶対的に不足していたから、早ければ中学校に通うときから故郷を離れなければならなかった。高等学校は原則として全寮制で大学は全国に三校だったから、三四郎の時代のエリートは制度的にも現実的にも故郷喪失者になることを強いられたのだ。エリートは故郷のことより、まずは日本という国家のことを最優先しなければならなかった明治期にあっては、世間から隔離したこの純粋培養は時代の要請でもあっただろう。

三四郎が「余程社会と離れている」という印象を受けた東京帝国大学のあり方に象徴されるように、知識人がしばしば現実生活から隔離されたようなあり方をするのは、ある意味では当然の帰結だったのである。同居している与次郎に「先生、自分じゃ何にも遣(や)らない人だからね。第一僕が居なけりゃ三度の飯さえ食えない人なんだ」と言われてしまうほど広田が生活能力に欠け、野々宮がいくら外国では一流の学者として通るほどでも、日本では電車も自在に乗り換えられず、世間とは隔絶した「穴倉生活」をおくっているにすぎないのもゆえなしとしない。

これが、小林秀雄の言う「都会人という抽象人」を作り出す教育装置なのである。これがいまにいたるまで、日本の教育の根本にあると言っていい。それしか日本の生きる道はないのだから。三四郎も徐々にこのような「抽象人」となっていく。すなわち、〈本郷文化圏〉の住人となっていく。その〈本郷文化圏〉とはどのような場なのだろうか。

三四郎は上京する汽車で浜松まで来たとき、「西洋人」を見る。三四郎はその姿に「見惚(みと)れて」しまう。一方、偶然出会った広田は「「ああ美しい」と小声に云って、すぐ生欠伸(なまあくび)をした」。ところが、第一高等学校の英語教師である広田は「西洋は写真で研究している」だけなのだ。留学経験がなく、写真でしか西洋を知らないからである。

上京したての頃、東京帝国大学構内の西洋建築の「雄大」さに「感服」した三四郎が抱く「学問の府はこうなくってはならない」という感慨や、新学期になって待ちに待った講義や、「人品のいい御爺さんの西洋人」講師に対する「敬畏の念」などは、与次郎が描いた教師の「ポンチ」絵によっていともあっさり相対化されてしまう。

これらは〈本郷文化圏〉の質を暴いている。どうやら〈本郷文化圏〉はまがいものの西洋でしかないようだ。これが日本の近代なのだが、それをもっと痛切に暴くのは里見美禰子という一人の女だった。

三四郎の視線

『三四郎』はほとんどの記述が三四郎視点からなされているが、この大学の新入生の青年小川三四郎のものの見方を信じて読むととんでもないことになる。それを読者に伝えるかのように、語り手が「学生生活の裏面に横たわる思想界の活動には毫も気が付かなかった」という具合に、三四郎の盲点となっていることを直接指摘する文章が小説全体で一三例あることは、先に述べた。つまり『三四郎』の語り手は、視点人物である三四郎よりもより多くのことを知っていると、読者にサインを送っているのである。

『三四郎』は、大都会東京案内や〈本郷文化圏〉案内のような性格も持っていただろう。そこで、何事にも素直に驚くような、高等教育という純粋培養システムの中で育ったあまりに世間知らずの青年がうってつけだった。

『三四郎』は逆さ『坊っちゃん』だと言ったが、たとえば『坊っちゃん』が四国の中学で起きている赤シャツと山嵐の権力闘争に気付かないままあの「手記」を書いているように（一人称でその当人が気付かないことを書くのは、小説としてかなりの高等技術である）、『三四郎』も視点人物の三四郎が気付かない出来事を書く必要があった。それで、語り手は読者にサインを送ったのだ。

三四郎がいかに何もわからない青年として語られているか、一つだけ例を挙げておこう。三四郎が母に指示されて、同郷の先輩・野々宮宗八の研究室を東京帝国大学に訪ねた場面である。

　三四郎は台の上へ腰を掛けて初対面の挨拶(あいさつ)をする。それから何分宜(よろ)しく願いますと云った。野々宮君は只(ただ)はあ、はあと云って聞いている。その様子が幾分か汽車の中で水蜜桃(すいみつとう)を食った男に似ている。

「汽車の中で水蜜桃を食った男」は広田だが、三四郎は彼がまだ「広田先生」であることを知らない。ここで語り手が読者に示そうとしているのは、野々宮と広田に共通点があるということだけではないだろう。この前後の文脈からして、野々宮が俗世間を離れたどこか取りつく島のないようないわゆる「学者」の典型として描かれているのは明らかだ。しかし、三四郎には「その様子が幾分か汽車の中で水蜜桃(すいみつとう)を食った男に似ている」ところまでしかわからない。

この場面の語り手は読者に、野々宮は世間離れした「学者」の典型であり、それは広田も同様であることをまず理解し、しかし三四郎にはそれがわかっていないことまでも読むことを求めている。それは、視点人物の三四郎を素直に信じる読者ではない。『三四郎』の語り手は、読者に三四郎以上に多くの仕事＝解釈をするように求めている。

三四郎には色々なことがわからない。それでも、しだいに自分が世間知らずだということだけはわかるようになってくる。その三四郎に最後までわからないのは里見美禰子だ。『三四郎』研究史においても、ある時期までは、三四郎が美禰子をわからないことを「女の謎」が理由だとしてきたところがある。やや極端に言えば、美禰子の責任としてきた面があったのである。

漱石自身が美禰子を「無意識の偽善者」（これは「無意識の演技者」と理解した方がよさそうだが）と呼んだことも影響していたかもしれない。それにもまして、三四郎が「女の謎」を女の根本的なあり方であるかのように思い込まされる「事件」が用意されていたからでもある。上京する汽車で途中下車した名古屋での「事件」である。そう、『三四郎』研究史上「名古屋の女」と呼ばれている人妻との「同衾事件」だ。

そもそも『三四郎』は、こうはじまっていた。

うとうととして眼が覚めると女は何時（いつ）の間にか、隣の爺（じい）さんと話を始めている。

いかにも立身出世の志を抱いて東京帝国大学で学ぶために上京する青年の「目覚め」の物語にふさわしいはじまり方である。三四郎が「目覚め」の物語であることは否定しない。問題は、何に「目覚め」るかだ。ここで注意したいのはこの一文の後半である。「女は何時の間にか、隣の爺さんと話を始めている」という表現には、三四郎が一寝入りする前にはこの「女」になみなみならぬ注意を払っていた名残がある。それはこんな具合だった。傍線部に注目して読んでほしい。

女とは京都からの相乗である。乗った時から三四郎の眼に着いた。第一色が黒い。三四郎は九州から山陽線に移って、段々京大阪へ近付いてくるうちに、女の色が次第に白くなるので何時の間にか故郷を遠退く様な憐れを感じていた。それでこの女が車室に這入って来た時は、何となく異性の味方を得た心持がした。この女の色は実際九州色であった。

三輪田の御光さんと同じ色である。国を立つ間際までは、お光さんは、うるさい女であった。傍を離れるのが大いに難有かった。けれども、こうして見ると、お光さんの様なのも決して悪くはない。

唯顔立から云うと、この女の方が余程上等である。口に締りがある。眼が判明している。額がお光さんの様にだだっ広くない。何となく好い心持に出来上っている。それで三四郎は五分に一度位は眼を上げて女の方を見ていた。時々は女と自分の眼が行き中る事もあった。爺さんが女の隣へ腰を掛けた時などは、尤も注意して、出来るだけ長い間、女の様子を見ていた。その時女はにこりと笑って、さあ御掛と云って爺さんに席を譲っていた。それからしばらくして、三四郎は眠くなって寐てしまったのである。

「女」は「乗った時から三四郎の眼に着いた」という。なぜなら故郷を離れるのが心細くなったからだというのだが、それならなぜ男の色ではなく「女の色」に注目したのだろうか。しかも、あるいはだからと言うべきか、三四郎のこの「女」への視線はまとわりつくかのようで、いやらしい。おそらく「女」も三四郎の無遠慮な視線を意識したからこそ、「時々は女と自分の眼が行き中る事もあった」のだろう。

　見知らぬ他者と出会う機会がふつうになった近代においては、見知らぬ他者がどんな人物かを一瞬で見抜かなければならなくなった。だから、外見からその人となりを見抜く人相学や骨相学が学問として流行したのである。社交術の流行も同じ理由によっている。それで、人々の視線が険しくなった。少なくとも、当時の人々はそう感じていた。さらに言えば、見知らぬ他者と同じ狭い空間を共有しなければならない汽車という近代を象徴する乗り物の中においては、人は他者の視線にさらに敏感にならざるを得なかった。

「女」は三四郎の視線をどう感じただろうか。もちろんそれは書かれていない。しかし、ほかならぬ三四郎の視線に「女」の感じたものが現れているはずだ。

　三四郎はこの「女」を故郷のお光と比べることで、いわば品定めしている。三四郎はお光を煙たがっているが、お光とはわずかこの二ヶ月後には母親同士が婚約を認めたがるほどの仲であり、しかもお光は豊津の女学校を辞めておそらくは嫁入り修行をはじめ、三四郎に自分の母親が織った生地を縫い上げた「紬の羽織」を贈るほどの熱の入れようなのだ。二人の仲は、婚約に向けて順調に深まっていくようだ。

野々宮が「蟬の羽根の様なリボン」を買ったとき、三四郎はお光にもそれを買ってやろうかと思ったが、お光が「きっと何だかんだと手前勝手の理窟を附けるに違いない」と考えて、止めることにした。お光の気持ちは三四郎にもわかっているのだ。そうだとすれば、三四郎がお光の「九州色」の肌に性的な何かを感じていたとしても不思議ではない。この「女」に向ける三四郎の視線は、このようなものではなかっただろうか。

自己を知らない三四郎

名古屋で汽車を降りた「女」は、三四郎に宿へ案内してくれと頼んだ。見も知らない青年に頼むとは、あまりに無防備だ。それは、この「女」が三四郎の視線がどのようなものかがわかっていたからだろう。結局、二人は宿で同室になって一夜を明かすことになる。三四郎が臆病だったので何もなかったが、これが「同衾事件」である。

瀬崎圭二は、日露戦争後の不景気の中で、夫からの仕送りも途絶えて実家に帰らなければならなくなった「女」が、「名古屋での一夜を契機に、三四郎という若い男を利用して自らの生活を成り立たせていこうとしていたと考えられなくもないであろう。名古屋での一夜は、この女にとっては自らの生活をかけた跳躍の夜であったかもしれない」(「虚栄の内実――「三四郎」の中の結婚――」『流行と虚栄の生成――消費文化を映す日本近代文学――』世界思想社、二〇〇八・三)と論じている。

三四郎は上京に当たってエリートの証である高等学校の夏帽を被っているが、名古屋で汽車を降りてから「女の方では、この帽子を無論ただの汚ない帽子と思っている」と、ごく例外的に三四郎視点ではない記述によって、この「女」が三四郎をエリートとは認識していないことがはっきり書き込まれている。したがって、瀬崎圭二の論はこの「女」の理解の仕方としては深読みしすぎのように思うが、この「女」が三四郎の視線を性的な可能性を持つものとして受け止めた点ではまちがっていないだろう。

この「女」が三四郎の視線をこのように受け止めたとして、では、三四郎はどうだったのだろうか。千種キムラ・スティーブンは、「同衾事件」は三四郎が引き起こしたものだと言う（『「三四郎」の世界　漱石を読む』翰林書房、一九九五・六）。その説明はこうだ。

宿に着いたあと、断る機会が何度もあったにもかかわらず、三四郎はついに断らず、「女」と「同衾」してしまう。たとえば、三四郎は宿帳に「福岡県京都(みやこ)郡真崎(まさき)村小川三四郎二十三年学生」と「正直」に書いたが、「女」のことは「同県同郡同村同姓花二十三年」と「出鱈目(でたらめ)」を書いてしまう。これでは、宿の者が夫婦だと思い込んでも仕方がないだろう。だから、蒲団を一枚しか敷かなかったのだ。こうした事実から導き出されるのは、三四郎の下心である。

「女」が三四郎の性的な視線をそれとして受け止めて、三四郎に下心があったとして、三四郎の自己認識はどうなっているだろうか。「同衾事件」の翌日、「女」が「「あなたは余っ程度胸のない方ですね」と云って、にやりと笑っ」て、三四郎をプラットホームに置き去りにして去ったあと、三四郎はこんな風に自問自答している。

元来あの女は何だろう。あんな女が世の中に居るものだろうか。女と云うものは、ああ落付いて平気でいられるものだろうか。無教育なのだろうか、大胆なのだろうか。それとも無邪気なのだろうか。要するに行ける所まで行ってみなかったから、見当が付かない。思い切ってもう少し行ってみると可(よ)かった。けれども恐ろしい。別れ際(ぎわ)にあなたは度胸のない方だと云われた時には、喫驚(びっくり)した。二十三年の弱点が一度に露見した様な心持であった。親でもああ旨(うま)く言い中(あ)てるものではない。……

高等教育の純粋培養装置の中で青年期を迎えてしまった三四郎は、どうやら童貞だったようだ。それでも、昨晩自分がどういう状況に置かれ、いきつく先が何であったかは理解している。しかしこの自問自答は、あの「女」のしたこと言ったことが、あの「女」に固有の問題としてではなく、女一般の性質だと思ってしまう。その意味で、瀬崎圭二の次のような指摘は正しい。

九州の地主の家に生まれ、高等学校で学問に勤しんだ三四郎は、車内で名古屋での女の振る舞いを「無教育」「大胆」「無邪気」といった様々な理由のもとに理解しようとするが、女と三四郎との階層差は、この出来事を了解不可能な謎として三四郎の記憶に刻んでいくことになるのである。（前出『流行と虚栄の生成』）

三四郎の理解を阻んだのは、「階層差」だけでなく、性差でもあった。このとき三四郎は、はじめて女という他者に出会ったのだ。瀬崎圭二の言うように、それは「謎」として三四郎に記憶される。しかしこの場面での自問自答の特徴は、「同衾事件」は自分ではなくあの「女」のせいだと信じているところにある。すなわち、三四郎の実際の行動は性的な欲望を示しているのに、彼の自問自答はそれを否定しているのである。

だとすれば、三四郎は自己の性的な欲望を知らないことになる。言い換えれば、三四郎は女という他者を言葉で語れないばかりでなく、自己の性的な欲望さえも言葉で理解することができないのだ。だから、三四郎は自己の欲望をあたかも「女」の欲望であったかのように信じてしまうのである。すなわち、三四郎がここで驚いているのは、まだ自ら知らずにいる自己の欲望に対してなのである。まさに「度胸のない方」と言うしかない。「女の謎」は自己の無意識が投影されたものだった。「女の謎」は、まさにこのようにしてつくられたのである。

『三四郎』の読者は、三四郎の性的な欲望を読みとり、さらに三四郎自身がまだそれに気付いていないことをも読みとらなくてはならないのである。しかし、語り手は読者に正しい標識ばかり立ててくれているわけではない。偽の標識を立てているところさえある。

つくられる「女の謎」

ここでようやく美禰子に登場してもらおう。三四郎はしばしば美禰子の眼から彼女の心を読もうとする。「目は心の窓」と言われるくらいだから、これ自体は不思議ではない。問題は三四郎にその能力があるかどうかである。はじめに、東京帝国大学の池の端ではじめて美禰子と出会った場面をみておこう。美禰子は看護婦と二人連れで、三四郎のわきまで来て立ち止まった。

「これは何でしょう」と云って、仰向いた。頭の上には大きな椎の木が、日の目の洩らない程厚い葉を茂らして、丸い形に、水際まで張り出していた。

「これは椎」と看護婦が云った。まるで子供に物を教える様であった。

「そう。実は生っていないの」と云いながら、仰向いた顔を元へ戻す、その拍子に三四郎を一目見た。三四郎は慥に女の黒眼の動く刹那を意識した。その時色彩の感じは悉く消えて、何とも云えぬ或物に出逢った。その或物は汽車の女に「あなたは度胸のない方ですね」と云われた時の感じと何処か似通っている。三四郎は恐ろしくなった。

先に挙げた、三四郎が野々宮の研究室を訪ねた場面を思いだしてほしい。この場面はあの場面の応用編である。ここでは三四郎には美禰子（だとは、まだ知らないが）と「汽車の女」の「感じ」が「似通っている」ところまでしかわからない。そこで、三四郎は自分が美禰子から受けた「何とも云えぬ或物」を、「汽車の女」という他者としての女との体験にとりあえず結びつけてしまう。そして、それを初対面の美禰子の「黒眼」の中に読み込んで、あたかも相手のものであるかのように感じている。

この時の三四郎にはそれ以外に見知らぬ女性を理解する方法がなかったからである。三四郎は、女の目や表情を「誤読」してもそれに気づかない。いや、しだいに気づきはじめるが、ついに

「謎」でしかない。幸いなるかな、三四郎。

美禰子は三四郎に一目惚れしたのだろうか。まさか。これは語り手が仕掛けた偽の標識だということがしだいにわかってくる。

次に引用するのは、広田の引っ越しの場面である。三四郎は引っ越しの手伝いに来た美禰子と出会った。


「失礼で御座いますが……」

女はこの句を冒頭において会釈した。腰から上を例の通り前へ浮かしたが、顔は決して下げない。会釈しながら、三四郎を見詰めている。女の咽喉が正面から見ると長く延びた。同時にその眼が三四郎の眸に映った。

二三日前三四郎は美学の教師からグルーズの画を見せてもらった。その時美学の教師が、この人の画いた女の肖像は悉くヴォラプチュアスな表情に富んでいると説明した。ヴォラプチュアス！　池の女のこの時の眼付を形容するにはこれより外に言葉がない。何か訴えている。艶なるあるものを訴えている。そうして正しく官能に訴えている。けれども官能の骨を透して髄に徹する訴え方である。甘いものに堪え得る程度を超えて、烈しい刺激と変ずる訴え方である。甘いと云わんよりは苦痛である。卑しく媚びるのとは無論違う。見られるものの方が是非媚びたくなる程に残酷な眼付である。しかもこの女にグルーズの画と似た所は一つもない。眼はグルーズのより半分も小さい。

「ヴォラプチュアス」とは「肉感的な」というほどの意味である。だから、三四郎の興奮の仕方は半端ではない。またしても美禰子の眼に性的なものを読み込んでいる。いや、もし美禰子がそのように三四郎を見ているのだとしたら、まるで「宿命の女」のように三四郎を誘惑していることになる。これでは美禰子はまるで「淫婦」ではないか。しかし、傍線部に注目してほしい。三四郎が行っている、グルーズの描いた「女の肖像」による美禰子の解読は的外れだと示している。三四郎の美禰子への思いは、与次郎に言いあてられる。

「それだけで沢山じゃないか。——君、あの女を愛しているんだろう」
与次郎は善く知っている。

三四郎の美禰子への想いは、たとえば「愛」という言葉で語ることが可能だろう。しかし、三四郎は自分の美禰子への想いを「愛」という言葉では自ら語ることができない。それは、自分の美禰子への想いを美禰子の眼に読み込んだにすぎないからなのだ。三四郎はなぜそうしてしまうのだろうか。この場面の少し後で、与次郎は三四郎に「あの女は君に惚（ほ）れているのか」と問うが、三四郎は「能（よ）く分らない」としか答えられない。

「そう云う事もある。然し能く分ったとして、君、あの女の夫（ハスバンド）になれるか」

三四郎は未(いま)だ曾(かつ)てこの問題を考えた事がなかった。美禰子に愛せられるという事実その物が、彼女(かのおんな)の夫(ハスバンド)たる唯一(ゆいいつ)の資格の様な気がしていた。

小谷野敦は、後期江戸文芸では「女に「ほれられる」ことが男の価値」なのであって、「三四郎もこうした意識のなかで、美禰子に惚れて苦しむのではなく、美禰子に惚れられたいと思って悩む」ので、「惚れるのは嫌だが、惚れられるならいいと、三四郎は言っているに等しい」と論じている（「女性嫌悪のなかの「恋愛」――『三四郎』」『夏目漱石を江戸から読む　新しい女と古い男』中公新書、一九九五・三）。しかも、三四郎は「愛」と結婚とがわかちがたく結び付いているものだと信じ込んでいる。後の漱石文学の男たちは、まさにそれが信じられなくてのたうち回るように苦しんでいるのに。要するに、三四郎はまだ近代的な恋愛はできなかったのだ。

三四郎は九州という周縁の地から日本の中心である大都会東京にやって来ただけでなく、江戸といういまや周縁になろうとしている時代から近代という新しく中心になった時代にやって来た青年だったのである。

だから美禰子の眼に自分の想いを読み込み、しかしやはり不安は残って、受け身の三四郎にとって美禰子は「謎」であり続けるしかなかったのである。三四郎の「己惚(うぬぼれ)」である。この「己惚」は一人三四郎だけのものではない。そのことを一番よく知っているのは、言うまでもなく里見美禰子である。

三四郎の恋、美禰子の恋

『三四郎』を「三四郎と美禰子の淡い恋の物語」とする読み方は、漱石研究の世界ではたぶんもう通用しないだろう。一九七〇年代あたりから、美禰子が恋していたのは野々宮であって、三四郎が上京したときにはこの二人の関係が終わりを迎えようとしていたと読むのが一般的になってきた。

『坊っちゃん』の語り手である〈坊っちゃん〉が、赴任した四国の中学校で起きていた赤シャツと山嵐の権力闘争に気づかないままそれに捲き込まれてしまったように、三四郎も美禰子と野々宮の関係をはっきり理解しないまま、それに捲き込まれてしまったようだ。だからいまは、「野々宮と美禰子の関係が破局する物語」として読まれている。

もっとも、これは「三四郎と美禰子の淡い恋の物語」という物語の型が否定されたわけではない。物語の主人公が入れ替わっただけだ。むしろ、この二つの物語が交錯するところに『三四郎』の面白さがある。

美禰子と野々宮の恋愛説を決定づけたのは、重松泰雄「「三四郎」評釈」(『漱石　その歴程』おうふう、一九九四・三)だった。三四郎が美禰子にはじめて会った東京帝国大学構内の池の端での場面について、構内図を用いて謎解きをして見せたのだ。結論は、このときの三四郎への思わせぶりな仕草は「煮え切らない野々宮への〈挑発〉なのである。(中略)彼女は十分に野々宮の眼を意識しているので、それはけっして〈無意識(アンコンシアス)な偽善(ヒポクリシイ)〉などではないのである」(傍点原文)ということになる。こうした美禰子と野々宮恋愛説は、それまでの読みが思い描いていた、

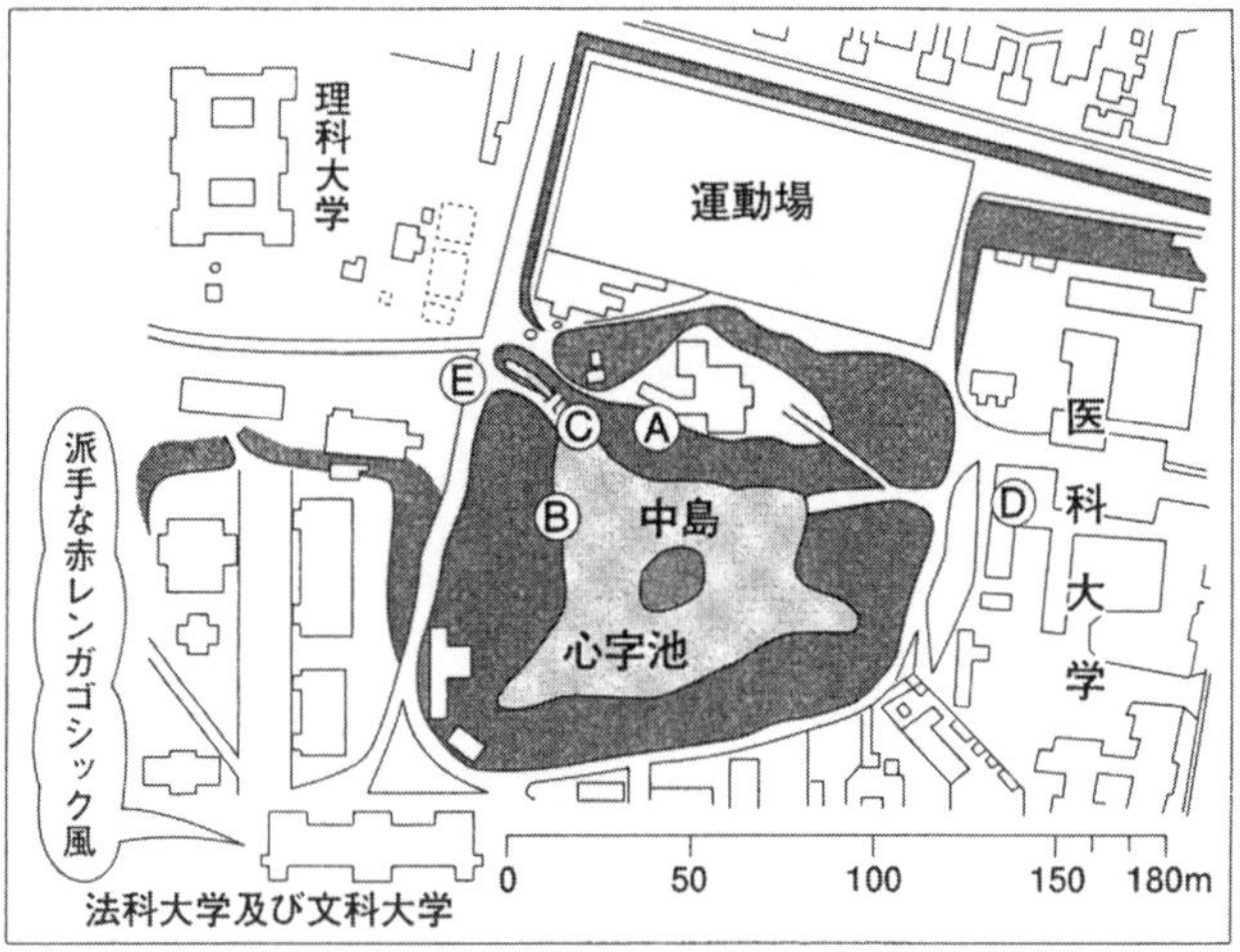

『三四郎』時代の東大構内

甘い香りのする三四郎と美禰子の淡い恋をふき飛ばすほどの強烈なインパクトがあった。

私はこの重松説をさらに発展させてみた（石原千秋『漱石と三人の読者』講談社現代新書、二〇〇四・一〇）。繰り返しになるが、必要な範囲で書いておこう。

まず、重松泰雄の説明を確認しておこう。上に示すのは、重松泰雄が作製した図に私が手を入れたものだ。図の左側が北。すでに夕刻だから、夕方の西日は図の下から差していることになる。

重松泰雄の説明によると、三四郎は理科大学を出てEを通り、Bの位置にしゃがんでいた。二人の女（美禰子と看護婦）はAから下りてCの石橋を通り、Bの位置にしゃがんでいる三四郎の脇を通って行ったのである。野々宮はCの向こうに現れた。そこで「美禰子も野々宮も「石橋」の向側にいたとすれば、三四郎が「しゃがん」でいる間に、野々宮が美禰子と会った公算は大きい。野々宮の「隠袋」の中の「封筒」は、あるいはその時に手渡されたものかも知れない」ということになる。美禰子の行為は、三四郎ではなく、結婚問題で「煮え切らない野々宮への〈挑発〉」(傍点原文)だった可能性が大きくなるのである。この重松の説明をさらに補強してみよう。

三四郎と会った野々宮が、わざわざ「さっき女の立っていた辺り」で立ち止まって東大の建物を褒めはじめるのは、三四郎が美禰子を見上げていた時に野々宮は三四郎の死角にいて、二人の女(美禰子と看護婦)に三四郎にしたのと同じ説明をしていたからだろう。この少し後で、美禰子が三四郎の前に落してゆく花は、この時に野々宮が美禰子に渡したものかもしれない。ここで野々宮がわざわざ「原口」のことを口にすることにも注意しておきたい。

結婚した美禰子は原口に描いてもらった肖像画を残していくが、それがちょうど三四郎が見上げてみていた時の着物とポーズだった。このように確認していくと、この時にはすでに絵を描き始めていて、そのことを野々宮はもう知っていた可能性が高い。この時ちょうど野々宮に肖像画のポーズを取って見せていたのだろう。

美禰子は三四郎と池の端で出会ったことをよく覚えている(六章)。さらに、三四郎が原口の家で肖像画を描いてもらっている美禰子に会いに行く場面では、三四郎が美禰子に「何時(いつ)から取掛ったんです」と問うと、「あの服装(なり)で分るでしょう」と答え、「あなたは団扇(うちわ)を翳(かざ)して、高い所に立っていた」と言う三四郎の言葉を、「あの画の通りでしょう」と受ける。

問題は、池の端でしていたポーズを三四郎が見ていたことを、美禰子がなぜ知っていたかである。おそらくは、野々宮が「あそこにしゃがんでいるのは同郷の後輩です」というような説明をしたからではないだろうか。だからこそ、その直後に美禰子は三四郎を挑発することで、それを後から見ているであろう野々宮を挑発できたのだ。

一方、野々宮が美禰子の挑発の意味を理解し、封筒やリボンを使って早手回しに三四郎に〈彼女は自分と交際している女性だ〉と暗示するような警告を発するのは、彼が美禰子のこういうやり方にすでに何度か傷ついていたからではないだろうか。そして、それが野々宮が美禰子との結婚に踏み切れない理由の一つなのだろう。

美禰子は野々宮の気を引くために三四郎を利用したことになる。実際、その通りではなかっただろうか。だからこそ三四郎との別れの場面で、美禰子は「われは我が愆（とが）を知る。我が罪は常に我が前にあり」と、聖書の一節を囁くのではないだろうか。三四郎が自分に恋してしまったのは、彼を挑発した自分に責任があるのだと、美禰子は言いたかったのだ。

美禰子が三四郎をまったく愛さなかったかどうかについては、議論の余地がまだまだありそうだ。女が同時に二人の男を愛することができるかという問いは、漱石が執拗に問い続けたテーマだった。しかし、美禰子と野々宮恋愛説についてはこれでほぼ決着がついたと言っていい。

この池の端の場面は、このように読まなければ、美禰子が見も知らぬ男を理由もなく挑発する女になってしまうだろう。それでは美禰子はまるで「淫婦」である。しかし、長い間ほとんどの研究者はそう読んできたのだ。なぜだろうか。理由の一つは、小説中に仕掛けられたある出来事にある。三四郎の上京途上で起きた、名古屋のいわゆる「同衾事件」である。『三四郎』の読者はこの一件で、女は理由もなく男を誘惑するものだという先入観を植え付けられているのである。だから、美禰子もそのように理由もなく男を誘ったのだと読むのだ。

美禰子はずいぶん長い間誘惑者にされてきたのだ。それが、「女の謎」だというわけだ。冗談ではなく、「女の謎」は『三四郎』研究史のキーワードだった時期がある。特に『こころ』に代表される後期三部作において、漱石が女を恋の技巧家として書いたことも、そういう理解の仕方を助長したかもしれない。

しかし、改めて確認すると、「同衾事件」も、「名古屋の女」が一方的に引き起こしたのではなく、宿帳に「夫婦」としか取れないような記載をするなど、三四郎にもそういう「スケベ心」があったからだったようだ。そもそも、前の晩の出来事について三四郎が持った「行ける所まで行ってみなかったから、見当が付かない。思い切ってもう少し行ってみると可かった」という感想が、そのことを雄弁に物語っている。

もしこれが「真相」だとしても、多くの同時代の読者は東京帝国大学の構内など知らないから、池の端の場面を三四郎と美禰子が互いに一目惚れする場面と読んだだろう。そして、美禰子が先に誘惑したのだと思っただろう。その結果、『三四郎』を、三四郎が美禰子に翻弄されながらその恋心を育てていく、三四郎と美禰子の淡い恋の物語と読んだに違いない。もちろん、それは少しもまちがってはいない。そうも読めるようにも仕組まれていたのだから。

三四郎が美禰子に関心を抱いたのは、美禰子が「狐色」の肌をしていたからだった。そして、それは「名古屋の女」と同じだった。それをさらに遡れば、故郷のお光と同じ色だった。三四郎の女への関心の源はお光にあるのだ。肌の色によって美禰子とお光はつながっているのである。もちろん三四郎はそれを意識してはいないだろうが、「御光さんは豊津の女学校をやめて、家へ帰ったそうだ」とある。これが「コトブキ退学」以外の何だろうか。わずか四ヶ月ほどの間に、三四郎とお光との関係は、結婚に向けてあまりにも順調に深まっているのだ。

十二章と十三章との間に三四郎の帰省があるが、帰省中のことはまったく書かれず、十三章になるとそれまでの三四郎視点から全知視点に視点構造が変換されている。それは帰省中の三四郎の身に、読者には言えない何かが起きたことを暗示している。その秘密とは、お光との結婚話に決着が付いたことだとしか考えられない。三四郎とお光との間に婚約が成立したのだ。たぶん。

三四郎にとって美禰子とは、おそらく彼の意識していないところでお光の代理の役割を果たしていたのである。もちろん、三四郎は美禰子に恋をしている。しかし三四郎にとって、美禰子は「都会風のお光さん」なのだ。決定的になりつつあるお光との関係に美禰子を代入する形でのみ、三四郎は美禰子との結婚を夢想することが可能だった。

翻訳する男たち、そして美禰子の結婚

『三四郎』の同時代評として、漱石の高弟・小宮豊隆の「『三四郎』を読む」(『新小説』明治四二年七月)がある。その中で小宮豊隆は、『三四郎』のメインストーリーは三四郎と美禰子の恋で(なにしろ、小川三四郎のモデルと噂されたのは小宮豊隆その人だった)、サブストーリーは第一高等学校の英語教師・広田を東京帝国大学教授にしようとする運動だとしている。後者は、いまではほぼまったく視野から消えてしまった物語である。

しかし、〈本郷文化圏〉の中心に君臨する東京帝国大学について考えれば、広田の位置が見え

てくる。近代日本の学校は現在にいたるまで西洋の学問を身につける洋学校である。それを前提として、一柳廣孝は次のように指摘している。

> 「大学の外国文学科」の日本人新担当者は、「近き過去に於て、海外留学の命を受けた事のある秀才」だった。ここに明示されているのは、「海外留学」という「大学」の採用基準である。広田に、留学の経験はない。「学」的であることが「西洋」をよりよく「翻訳」することであるという、幕府天文方以来の「東京帝国大学」の伝統が途切れるまで、広田は「東京帝国大学」の隠喩であるしかない。彼の物語内のポジションは、その意味でも「時代錯誤」なのだ。
> (「『三四郎』の東京帝国大学」『漱石研究』第二号、一九九四・五)

〈本郷文化圏〉において、広田はあくまで周縁に位置せざるを得ない存在だったのである。それでも、英語教師である以上は、日々の授業において「翻訳」に関わらざるを得なかった。というより、それこそが広田の仕事だった。だから広田は三四郎に、こう問いかける。


「君、不二山（ふじさん）を翻訳してみた事がありますか」と意外な質問を放たれた。

「翻訳とは……」

「自然を翻訳すると、みんな人間に化けてしまうから面白い。崇高だとか、偉大だとか、雄壮だとか」

三四郎は翻訳の意味を了した。
「みんな人格上の言葉になる。人格上の言葉に翻訳する事の出来ない輩(もの)には、自然が毫(ごう)も人格上の感化を与えていない」
〈本郷文化圏〉の男たちは美禰子を「翻訳」したがる。たとえば、「イプセンの女の様な所がある」という具合に。それは、この時代の知識人男性にとって、そもそも知的な女は「謎」の存在だったからである。だからこそ、自分たちに近しい西洋の言葉で女を「翻訳」しなければ理解できなかったのだろう。

江戸時代から、知識階層は男女の交際を避けてきた。だから男性知識人たちは、明治時代になっても女学生のような知的な女が身近に現れる環境に対応できなかったようだ。彼女たちと交際するノウハウを持っていなかったからである。それでいて、女学生ほど気になる存在はほかにいなかった。明治三〇年代に「女学生小説」が大流行して、女学生が風俗となったのも、こうした背景があった。

『三四郎』の「現在」はおおよそ明治四〇年頃だから、二三歳になる美禰子は、まさに明治三〇年代半ばに、おそらくはミッション系の高等女学校を卒業した女だったのである。女学生時代から、美禰子は男性知識人から好奇の目で見られ続けてきただろう。それは、知的な女を理解したいのに理解できない男性知識人のもどかしさの現れだった。

そこで、多くの女性論が書かれた。序章で引用した正岡藝陽『婦人の側面』(新声社、明治三四年四月）には明治・大正期の女の心に対する関心のあり方がすでによく表れている。正岡藝陽がまず述べることは、この世には「疑問」が多いがその「疑問中の一疑問たる女について」論じようという宣言である。改めて、そのはじめの一節を引いておこう。

女は到底一箇のミステリーなり、其何れの方面より見るも女は矛盾の動物なり、されば古来未だ嘗て女に就て確固たる鉄案を下し不易の判決を与へたるものなし、嗚呼人類は到底不可思議なり、女は最も解し難きものなり。

思えば、東京帝国大学構内の池の端ではじめて美禰子に出会った三四郎が口にしたのは「矛盾だ」という一言だった。この言葉は正岡藝陽『婦人の側面』の「女は矛盾の動物なり」という言葉と遠く響きあっている。三四郎の「矛盾だ」という言葉の向こうには、こうした近代の刻印を帯びた「ポスト＝女学生小説」における「女の謎」にとまどう男性知識人たちの不安の地平がはるかに広がっていたのだ。

そこで男性知識人たちは、「イプセンの女」というように、自分たちにだけ通用する西洋の文化に「翻訳」し続けたのだろう。留学体験もなく、「西洋は写真で研究」して、「写真で日本を律する」広田のように、それは書斎における「翻訳」のような仕事でもあった。

藤森清は、ミッシェル・カルージュ『独身者の機械――未来のイヴ、さえも…』（高山宏・森永徹訳、ありな書房、一九九一・五）を参照して、科学とは性的なものの完全な抽象化であり、野々宮の科学の実験も独身者の男性性と結びつけられていて、それは〈本郷文化圏〉の男たちが美禰子に向ける視線と同質のものだと論じている（「青春小説の性／政治的無意識――『三四郎』・「独身」者の「機械」――」『漱石研究』翰林書房、第三号、一九九四・一一）。言うまでもなく、科学はまだ男だけのジャンルだったし、「男子一生の仕事」でもある科学の仕事は「謎」の解明である。

なるほど、この〈本郷文化圏〉の男性知識人たちは広田も原口も野々宮も三四郎も与次郎も、独身者ばかりだ。彼らが西洋の〈知〉を駆使して美禰子という「謎」を究明するのが、『三四郎』の構図だったのだ。それはまさに「写真で研究」するのと同じような、書斎での「研究」という営みと同質のものだった（松下浩幸「『三四郎』論――「独身者」共同体と「読書」のテクノロジー――」『日本近代文学』第五六集、一九九七・五）。関谷由美子は、美禰子をめぐるこうした男性知識人たちの性癖を「ネクロフィリア（屍体愛好症）」とまで呼んでいる（「ネクロフィリアとギリシャ――『三四郎』の身体」『〈磁場〉の漱石　時計はいつも狂っている』翰林書房、二〇一三・三）。

こうした知識人男性たちの眼差しに美禰子はどう答えようとしたのだろうか。小森陽一に、興味深い指摘がある。彼ら〈本郷文化圏〉の男たちがアフラ・ベーンの小説『オルノーコ』を男性戯曲家のサザーンが脚本化した中の一節「Pity's akin to love」を日本語に「翻訳」することに熱中しているとき、美禰子はそれを「美しい奇麗な発音」の英語で声にする。この美禰子の行為には「女の心情を男へ「翻訳」することの不可能性、性差の「翻訳」不可能性が暗示されている」というのだ（「個人と活字――『三四郎』における文字のドラマトゥルギー――」『漱石論 21世紀を生き抜くために』岩波書店、二〇一〇・五）。

このことをこの本の枠組によって語り直すなら、男の言葉では「翻訳」不可能な「女の心情」こそが美禰子の内面の物語であり、しかし、「翻訳」不可能であるがゆえに、それは男性知識人には「謎」にしか見えないということになるだろう。事実、美禰子は、三四郎の視点から読み進めてきた読者があっと驚くような結婚をする。兄の里見恭助の友人の（おそらくは）法学士で、もともとは野々宮の妹、よし子に来た縁談の相手と美禰子が結婚することになったのである。

この法学士は、三四郎から見れば「立派な人」だった。「髭を奇麗に剃っている。それでいて、全く男らしい」とも感じている。当時の知識人男性は「髭」をたくわえているのがふつうだったから、三四郎には珍しかったのだろう。しかし、それでも「全く男らしい」のだ。三四郎は、〈本郷文化圏〉とは異質な世界に生きる男がいることを知ったのだ。この男の存在自体が、〈本郷文化圏〉に生きる男たちへの、物言わぬ批判となっている。

小森陽一は、この美禰子の決断は、兄の恭助が結婚したときに小姑にならないためだったと、当時の家制度における妹の位置を参照しながらみごとに論じた（「漱石の女たち――妹たちの系譜」『漱石論』前出）。中山和子はこれを「商売結婚」だと論じ（「『三四郎』――「商売結婚」と新しい女たち」『漱石・女性・ジェンダー』翰林書房、二〇〇三・一二）、瀬崎圭二は「美禰子は自らが結婚する相手を「尊敬」などしていないであろう」（前出『流行と虚栄の生成』）と述べている。いかにもフェミニズム批評らしい評価だ。

たしかに美禰子が〈本郷文化圏〉に所属しない「立派な男」と結婚したことは、構図としては〈本郷文化圏〉に所属する男性知識人たちへの批判として読めるかもしれない。しかし、そもそもほぼ三四郎視点から書かれているこの小説において、美禰子の心はわかりはしないのだ。小森陽一も、美禰子の心がわかるなどとは言ってはいない。中山和子も瀬崎圭二も、三四郎視点から美禰子に感情移入したにすぎない。しかしまた、そこが『三四郎』のポイントでもある。

　小説の末尾、美禰子が残した肖像画を「森の女と云う題が悪い」と言って、与次郎に「じゃ、何とすれば好いんだ」と問われた三四郎は「迷羊（ストレイシープ）」と、美禰子が口にした言葉を繰り返す。三四郎は〈本郷文化圏〉の男性知識人たちのように、まだ美禰子を「翻訳」する言葉を持たないのだ。飯田祐子は、「田舎者」に設定された三四郎には美禰子をひとりの女として読み解くコードがなく、いわば「〈謎〉を生む装置」だと否定的に捉えている（「『三四郎』　美禰子と〈謎〉」『彼らの物語　日本近代文学とジェンダー』名古屋大学出版会、一九九八・六）。これもいかにもフェミニズム批評らしい評価だ。まさにその通りだが、では問うておきたい。美禰子を西洋の言葉で「翻訳」する〈本郷文化圏〉の男性知識人たちと、まだ十分にその文化に馴染めず、美禰子の「挑発」に振り回される三四郎と、どちらが美禰子をよく見ていたのかと。美禰子を自分たちの言葉に「翻訳」し続けた男性知識人たちと、美禰子をそっと「謎」のままにしておいた三四郎の、どちらが美禰子にふさわしかったのかと。小川三四郎は決して甲野欽吾にはならない。

　教会へ美禰子を追いかけた三四郎は、「結婚なさるそうですね」とついに語りかける。これがかなわぬことがわかっている、三四郎のプロポーズであることは明らかだろう。だからこそ、美禰子は聖書の一節を口にするのだ。「われは我が愆を知る。我が罪は常に我が前にあり」と。この時、三四郎と美禰子の「恋」は成就したのだ。すなわち、美禰子は彼女自身の手で新しい物語を手に入れたのだ。『虞美人草』の藤尾は死角のないテクストによって殺されたが、『三四郎』の美禰子は三四郎の死角で生きることができたのだ。

法と権力――『それから』

近代的自我に目覚める代助の恋

好みを別にすれば、『それから』は漱石の小説の中で最も完成度が高く、もっともバタ臭い小説だと言える。それは複数の物語がみごとに組み合わされていて、それらが見えない力によって葛藤しあい、また、親和性を持つからである。

誰か慌ただしく門前を馳けて行く足音がした時、代助の頭の中には、大きな俎下駄が空から、ぶら下っていた。けれども、その俎下駄は、足音の遠退くに従って、すうと頭から抜け出して消えてしまった。そうして眼が覚めた。

冒頭部分である。この冒頭部には三つの物語がこっそり隠されていて、そしてその一つだけが読み取りやすいようにできている。どうしてこっそり隠されているなどと言えるのか、種明かしをしてみよう。

第一段落は、長井代助が目覚める直前の記述である。代助は夢を見ていたようだ。眠っている時に現実に起きていたことが夢になる場合がある。たぶん、ここがそれに当たる。この時、たしかに「誰か慌ただしく門前を馳けて行く足音」がしていたのだろう。目覚めた代助はそれを覚えている。そして、それが誰の足音かがわかっているらしい。

第一章の最後まで読むと、代助が住み込みの書生である門野に、唐突に「門野さん、郵便は来ていなかったかね」と尋ねる場面がある。この時、代助がなぜこう尋ねることができたのか。それは、夢の中の「足音」が郵便配達夫のものだと知っていたからだろう。もちろん、郵便配達夫は俎下駄など履いてはいない。これは夢のデフォルメだ。

門野が持ってきたのは、「端書と郵便」である。「端書」は三千代の夫である平岡常次郎からのもので、「郵便」（封書の意味だろう）は実家の父である長井得（とく）からのものだった。これが二つの物語が始まる端緒となっているのだ。一つは、代助と平岡の妻・三千代との物語で、もう一つは代助と実家との物語である。事実、以後の章では、偶数章は代助と三千代との物語が書かれ、奇数章では代助と実家との物語が書かれている。この二つの物語が、「慌ただしく門前を馳けて行く足音」にこっそり隠されていたのである。

門野から二つの郵便物を受け取った代助は、東京に着いたと知らせてきた平岡からの「端書」を読んで、会いに行こうと考えたようだ。そこで、実家からの呼び出しの手紙に今日は行けないと断りを入れる。この代助の意識と行動が、代助と三千代との物語を唯一の物語として読者に選ばせるのだろう。読者は主人公（代助は「小説的主人公」であり、同時に「物語的主人公」である）に寄り添って小説を読むものだから、この選択はごく自然なものだと言える。

実は、代助と三千代との物語は、代助を主語とした物語と三千代を主語とした二つの物語からできあがっている。三千代を主語とした物語では、三千代が「物語的主人公」である。それに、代助と実家との物語が加わる。だから、『それから』は三つの物語から成り立っていると言うのである。

おおよそ昭和と呼ばれた時代までは、代助を主語とした物語が『それから』の唯一の物語だと読まれてきた。それは、代助が漱石その人の分身のように見えたからであり、『それから』を論じる大学教員が大学院まで出た高学歴で、代助の中に自分の姿を見たからだったかもしれない。それは、こんな物語だった。

東京帝国大学を卒業した長井代助は、友人の平岡常次郎と親友だった菅沼の妹三千代との結婚を取り持った過去を持っていた。その後、代助は近代日本のありかたに疑問を抱くようになり、就職もしないで、一戸を構えて実家から離れて芸術に耽って暮らしていた。そこへ、平岡夫婦が三年ぶりに関西から上京してきて、代助は三千代と再会した。三千代と会ううちに、これまで代助は自分を偽ってきたと自覚するようになり、三年前の「自然」な自分、三年前の三千代を愛していた自分を取り戻そうと、三千代に愛を告白する。

そう、その頃まで近代文学研究のメルクマールだった「近代的自我」を、愛によって取り戻す物語である。こういう話型は近代文学のはじまりの時期にすでにつくられていた。森鷗外『舞姫』である。日本において高級官僚としてベルリンに留学した太田豊太郎が、ベルリンの自由な空気に触れて、それまでの生活が自己疎外でしかなかったことに気付きはじめ、エリスと恋に落ちることでそのことを決定的に自覚し、「近代的自我」を獲得する物語である。

もちろん、『舞姫』はいまはこういう風には読まれてはいない。しかし、教科書教材としての『舞姫』はそう読まれがちだ。もし「立身出世のために恋人を捨てた物語」と読むならば、とても国語教科書には収録し続けられないだろうからである。『それから』も、こうした「恋によって近代的自我に目覚める物語」という話型にそって読まれた時代があったのである。近代文学が「人格の陶冶」に資すると考えられていた幸福な時代の読み方だった。

いまでは、『それから』はこれとはちがった物語として読まれているのではないだろうか。それは、三千代を主語とした代助と三千代との物語と、長井家を主語とした代助と実家の物語である。

三千代の恋の物語

三千代を主語とした代助と三千代との物語はこうだ。

代助は大学時代から三千代の兄菅沼と親しかったが、不幸にして菅沼は死んでしまった。菅沼は三千代を代助にと考えていたふしがあり、代助もそれに気づいていた様子だが、残された三千代への気持ちを代助に告白したのは、代助の友人の平岡だった。代助は三千代と平岡の結婚話をまとめ、三千代は銀行の支店に赴任する平岡とともに関西に旅立った。それから三年。三千代は生んだ子供を亡くし、心臓を病んだ。平岡は失職して三千代をともなって上京してきた。しかし、平岡と代助はもう昔の関係ではいられなかった。代助は、平岡に冷たくされる三千代を見るにつけ、結婚話をまとめたことを後悔し始め、しだいに三千代に心が傾いていく。そして、告白。三千代は代助以上の決意をもって、その告白を受け入れたが、それを知った平岡は代助と絶交し、代助の実家に事態を訴えた。

長井家を主語とした代助と実家との物語はこうだ。

代助は東京帝国大学を出たにもかかわらず、実家からの援助で独立した家を構えながら職にも就かず、芸術に耽る優雅な生活をしている。ところが、父の会社の経営状態が悪くなってきたらしい。そこで、父の長井得は自分と縁のある土地持ちの娘と代助との結婚話を持ち出してきた。どことなく財産目当てのにおいがする話である。これまでのようにのらりくらりとかわそうとする代助だが、今回だけは父も強硬だった。目の前に切実な結婚話を突きつけられた代助は、しだいに三千代の方へ気持ちが傾くようになった。そして、告白。二人の決意を知った平岡は代助の実家にそれを暴露する。代助は実家から勘当され、最後に仕事を探しに電車に乗り、そのままどこまでも乗り続けて行こうと決意する。

小説の進行にともなって、代助と三千代との物語と代助と実家との物語がみごとに交わっていることがわかるだろうか。双六のように、どちらの道から行っても、破滅的な結末の一齣前に「そして、告白」が来るように設計されている感じがする。しかも、破滅的な結末のきっかけを作ったのは代助の告白だが、直接的な原因は実家からの勘当なのである。つまり、代助と実家との物語が結末を生みだしていることになる。

はじめに物語に誘ったのは、三千代だった。

三千代がまだ独身だった頃、代助は白百合を買って三千代とその兄の家を訪ねて、自分で生けて見せたこともあった。（ちなみに、この時代は生け花は男の嗜みでもあったが、代助が手にするのが西洋の花ばかりなのは、彼の趣味の傾向を表している。）

三年以上経ってもそれを覚えていた三千代は、白百合を三本手にして代助を訪ねた。そして、白百合の花を「「好い香でしょう」と云って、自分の鼻を、弁の傍まで持って来て、ふんと嗅いで見せた」（十章）。冒頭に代助が椿の花を鼻のところまで持っていく場面があるが、三千代はまるでそれを見ていたかのように、椿に対して見せた代助のしぐさをまねてみせる。代助は慌ててそれを止める。

塚谷裕一の調査によれば、この白百合はヤマユリで、その濃厚な匂いは精液のそれを連想させると言う（『漱石の白くない白百合』文藝春秋、一九九三・四）。この場面は、まちがいなく冒頭の椿の場面の反復なのである。しかし、二人はまだ自分の気持ちに気づかない。そんな気持ちが許されるとも思ってはいない。花だけが二人の気持ちを知っている。なんと切ない恋だろう。たぶん三千代は花になりたかったにちがいない。

このとき代助は鈴蘭を生けて、「その傍に枕を置いて仰向けに倒れた」あとだった。昼寝から目覚めてからしばらくして、一度来て引き返した三千代が再び訪ねて来た。その三千代は、代助の生けた鈴蘭の鉢から水を飲んだ。鈴蘭は毒でもあり同時に薬でもある。この場面での代助と三千代は、鈴蘭という花を媒介にして、死と再生の儀式を済ませたのである。それまでの自分に別れを告げ、新しい自分を生きる儀式を済ませたということだ。だから、この後に二人の物語が始まる。その物語に誘ったのは、三千代だった。

代助が結婚する三千代に贈ったのは、真珠の指輪だった。夫となるべき平岡は時計を贈った。そもそも、これがボタンの掛け違いだったのかもしれない。この真珠の指輪に注目した研究者がいる（斉藤英雄『夏目漱石の小説と俳句』翰林書房、一九九六・四）。斉藤の論を参照しながら、指輪をめぐる物語を見ておこう。

上京してはじめて代助を訪ねた三千代は、この真珠の指輪を指にはめていた。

> 廊下伝いに座敷へ案内された三千代は今代助の前に腰を掛けた。そうして奇麗な手を膝（ひざ）の上に畳（かさ）ねた。下にした手にも指輪を穿（は）めている。上にした手にも指輪を穿めている。上のは細い金の枠に比較的大きな真珠を盛った当世風のもので、三年前（ぜん）結婚の御祝として代助から贈られたものである。（四章）

この記述で注意してほしいところが二つある。一つは、三千代が代助から贈られた真珠の指輪を上にして、わざわざ代助に見せている点だ。もう一つは、最後の「代助から贈られたものである」という表現だ。『それから』は、完全ではないが、ほとんどが代助の視点から書かれている。もし全体を代助視点で統一するならば、ここは「代助が贈ったものである」とあるべきだろう。それが「代助から贈られた」となっているのは、この場面では三千代が主体になっていることを意味している。三千代は、真珠の指輪を使って代助を誘っているのだ。「三年前を思い出してほしい」と。

三千代はその後、この二つの指輪を生活のために質入れしたことを「ぽっと赤い顔」をして代助に話し、代助から「紙の指環だと思って御貰いなさい」と、生活費として何枚かの紙幣を受け取る（十二章）。ところが三千代はそのお金で、たぶん真珠の指輪だけを質から請け出し、それを箪笥にしまってあるのを代助に見せている（十三章）。

三千代が生活費のために指輪を質に入れたことを、平岡は知っているはずだ。三千代の指から指輪が二つとも消えたのだから。しかし、平岡は代助が「紙の指環」だと言って三千代に生活費を渡したことを知らない。そのために、真珠の指輪だけを請け出したことは、三千代と代助だけの秘密となったのである。だから、三千代はそれを指にはめることができずに、箪笥に隠してある。

それを代助に見せたのは、三千代が「紙の指環」を本物の真珠の指輪に変えたことを知らせるためにである。さらに言えば、自分が代助から改めて真珠の指輪を「贈られた」ことになるように仕組んだのだと、代助に告げているのだ。だからこそ、この時三千代は代助に「可いでしょう、ね」と同意を求めるのである。この二人だけの秘密を作ったのは、三千代だった。

しかもこの直後に、三千代は代助にこう尋ねているのである。

「何だって、まだ奥さんを御貰いなさらないの」

三千代の期待する答えは、わかっている。だから、代助には答えられない。

こうして、三千代が三年前にあり得たはずの物語を動かしはじめる。かつて、それがあり得たはずの物語で終わったのはなぜだろうか。平岡の意を汲んで、彼と三千代との結婚をまとめたのは代助だった。こういう関係をホモソーシャルと言う。女のやりとりによって男同士が絆を強めるシステムで、父権制資本主義社会ではごくふつうに行われている。たとえば、形式的ではあっても、少し前まで結婚式は何々家と何々家とが執り行うのが主流だった。これは男が代表する家と家とが女をやりとりしているのである。

友情という名の男同士の絆を重んじたのが、三年前の代助だったのだ。その時、代助に三千代への愛があったかどうかはわからない。だから、上京した三千代は愛の物語を作り出さなければならなかったのだ。

次男坊・代助の物語

代助はどうしてそんな危ない物語に乗ったのだろうか。

当時は姦通罪という法律があって、結婚している男女が不倫を犯せば刑罰（親告罪だったので、訴えがなければ処罰はなかった）を科せられたのである。ただし、これは女はどんなケースでもアウトだったが、男は相手が独身女性であればセーフだった。男がアウトになるのは、相手の女が結婚をしていて、しかもその夫が訴えたときだけである。代助の場合は、これに引っかかる可能性が高かった。

もっとも、心臓を病んだ三千代には性交渉はできない。平岡は「三千代が産後心臓が悪くなって、ぶらぶらし出すと、遊び始め」（八章）た。つまり、「放蕩」がつのっていったのである。それとなくだが、三千代がこのことを代助に話した意味は大きい。それは、自分はもう平岡とはセックスはしていないと言うに等しいからだ。誘っているのだ。性交渉ができない以上姦通にはならないが、それでも危ない物語であることに変わりはない。

先の問に戻ろう。代助はどうしてそんな危ない物語に乗ったのだろうか。乗れば、代助の優雅な生活が崩壊することは目に見えていたのに。それは、この時の代助がどのみち実家の長井家から放り出される時期に当たっていたからだろう。ここに、代助と実家との物語がある。それを読むには、この時代の家制度について知っておかなければならない。

代助は、実質的に長井家の次男坊だった。これが物語の前提だ。この時代の民法は長男単独相続だから、長男がすべての財産を相続する制度だった。ところが、何か事故や病気があって長男が亡くなる場合もある。その時には、次男坊が繰り上がってすべてを相続する。しかし、いつもことはそう上手く運ばない。そこで、財産のある家ほど次男坊の処遇が問題となる。長男に何かあったときのために次男坊は必要だ。しかし、長男のそのまま長男が大人になってしまえばそちらに相続させればいいのだから、次男坊は不要になる。長井家がちょうどそういう時期だったのである。

代助の兄誠吾の長男誠太郎は一五歳になっている。江戸時代なら元服で、大人になる儀式をする年齢だ。元は武家だった長井家にとって、このことの意味は大きい。長井家はもう二代にわたって跡継ぎの長男が揃ったことになるからだ。長井家にとって代助はもう不要なのだ。もちろん、代助が稼いでいるなら問題はないが、遊び暮らしているのだから、お金がかかるだけで始末が悪い。

長井家の家長はまだ代助の父である長井得だが、彼はそろそろ隠居して長男の誠吾に家督（財産と家長としての権限）を相続させる気でいるようだ。そうなると、兄の誠吾が弟の代助を扶養しなければならなくなる。得はそれを避けるために、代助に土地持ちの佐川の娘との結婚話を持ってきたのだ。これは政略結婚ではあるけれども、兄と弟との関係を考えた親心でもあるだろう。代助は財産家の家に「婿入り」させられるようなものなのである。

この時代の家長には、非常に強い権限があった。中でも評判が悪かったのは、家族が住む場所を決めることのできる居所指定権と、家族の結婚を許可することができる婚姻の同意権の二つである。ただし、それほど強い権限を家長に与えた代わりに、民法は家長に、独立した生計を営んでいない家族全員の扶養の義務を負わせた。したがって、得が隠居したら、誠吾が弟代助の扶養の義務を負うことになるのだ。親子ならともかく、兄弟では気まずいだろう。得が焦っているのは、そういう事態になることを避けるためだった。

得が焦っているのには、もう一つ理由があった。それは家長の婚姻の同意権は、子供が三〇歳になると期限が切れるからである。結婚が許されずに生涯「同棲」で過ごさせるのはさすがに酷だと考えた明治民法は、男が三〇歳、女が二五歳になれば、親の同意なしに結婚ができるようにした。得は代助に「もう三十だろう」と確認している。年の始めに数え年で三〇歳になった代助は、じきに満年齢でも三〇歳になる。得が代助が三〇歳になることを気にしているのには、そういう理由があったのだろう。代助を思い通りに結婚させることができるのも、あと少しの時間しか残されていなかったからである。

ここで、あることに気づいただろうか。得の幼名は誠之進、長男は誠吾、孫は誠太郎。こうして並べてみると、長井家の跡取りの名には「誠」という字を織り込む決まりでもあるかのようだ。これと比べれば、「代助」という名が長井家の中で異様なものであることがわかるだろう。文字通り「長男の代わりの者」という名なのだ。代助は生まれたときから、次男坊の運命を引きうけさせられる名を背負っていたのである。

長井得が「誠者天之道也」(マコトハテンノミチナリ)という額を大切にし、代助がそれを毛嫌いしているのも、理由のないことではなかったのだ。代助と実家との物語は、実は「代助が実家から捨てられる物語」だったのである。だからこの物語は、「長井家を主語とした代助と実家の物語」と言わなければならないのである。それならば自分で作った物語で実家から捨てられた方がましだと、代助は考えなかっただろうか。代助が三千代のつくった物語に乗った理由は、おそらくここにあった。

こうして、二つの物語は必然的に交わることになったのである。得は、代助に少しずつ自由を多く与えていて、それは彼が生まれた時からの得の方針だと言う。代助と実家との物語が代助が生まれ落ちたときからすでに始まっていたことを考えると、どちらがより重い意味を持つかは明らかだろう。

　枕元を見ると、八重の椿が一輪畳の上に落ちている。代助は昨夕床の中で慥かにこの花の落ちる音を聞いた。彼の耳には、それが護謨毬を天井裏から投げ付けた程に響いた。夜が更けて、四隣が静かな所為かとも思ったが、念のため、右の手を心臓の上に載せて、肋のはずれに正しく中る血の音を確かめながら眠に就いた。


冒頭部の第二段落は、落ち椿である。落ち椿が武士にとって縁起が悪いことは言うまでもない。長井家は江戸時代武家だった。明治になって成功を収めた長井家は、いま経営する会社が傾きはじめている様子だ。その上に、代助の「不祥事」が重なった。代助は悲劇的な結末を迎えるが、それは同時に長井家が崩壊する兆でもあった。代助の実家との物語は、「長井家が崩壊する物語」でもあった。

『それから』は、こうした三つの物語から成り立っている。それらを成り立たせているのはどのような力学なのだろうか。そして、その力学はどこでどのように働いているのだろうか。『それから』という小説は、様々な力学の交錯する場なのである。

代助の文明批評

『それから』の有名な一節に、長井代助の文明批評がある。平岡常次郎に「何故働かない」と問われた答えである。

「何故働かないって、そりゃ僕が悪いんじゃない。つまり世の中が悪いのだ。もっと、大袈裟に云うと、日本対西洋の関係が駄目だから働かないのだ。第一、日本程借金を拵らえて、貧乏震いをしている国はありゃしない。この借金が君、何時になったら返せると思うか。そりゃ外債位は返せるだろう。けれども、それればかりが借金じゃありゃしない。日本は西洋から借金でもしなければ、到底立ち行かない国だ。それでいて、一等国を以て任じている。そうして、無理にも一等国の仲間入をしようとする。だから、あらゆる方面に向って、奥行を削って、一等国だけの間口を張っちまった。なまじい張れるから、なお悲惨なものだ。牛と競争をする蛙と同じ事で、もう君、腹が裂けるよ。」（六章）

これが夏目漱石自身が行った、西洋の開化（近代化というほどの意味）は「内発的」だが日本の開化は「外発的」だと説く、明治四四年に行われた講演『現代日本の開化』（講演集『社会と自分』実業之日本社、大正二年二月に収められている）の、たとえば次のような一節と対応していることはよく知られている。

一言にしていえば現代日本の開化は皮相上滑りの開化であるということに帰着するのである。無論一から十まで何から何までとは言わない。複雑な問題に対してそう過激の言葉は慎まなけ

> れば悪いがわれわれの開化の一部分、あるいは大部分はいくら己惚れてみても上滑りと評するより致し方がない。しかしそれが悪いからお止しなさいというのではない。事実やむをえない、涙を呑んで上滑りに滑って行かなければならないというのです。（ちくま学芸文庫）

そこである時期までは、長井代助は夏目漱石の代弁者だと見なされてきた。だから、長井代助が働かないのは、二葉亭四迷『浮雲』の主人公・内海文三のように評価された時期があった。内海文三も上司の課長に取り入ることができなくて失職したことから、近代日本の官僚機構の非人間性（よく言う「人間疎外」である）を暴く、ロシア文学で言う社会の根無し草オブローモフ的知識人のように評価された時期があった。働かない長井代助も、その存在自体が社会の批判者としてあったということだ。漱石の講演にしたがえば、それは日本の開化が「外発的」で歪んでいるからということになりそうだ。

それでは、開化が「内発的」であればよいということなのだろうか。つまり、西洋の開化ならばよいということなのだろうか。そんな単純な問題ではないだろう。漱石もそんな単純な問題ではないと考えたからこそ、長井代助という人物を必要としたのではなかったか。

もちろん、長井代助を「夏目漱石の代弁者ではない」と言い切ることはできないだろう。しかし長井代助は長井代助であって、夏目漱石その人ではない。もしそう言ってよければ、長井代助はずいぶん頼りない代弁者なのである。しかも、長井代助を頼りない代弁者に仕立て上げたのは、ほかならぬ夏目漱石自身だったのだ。

『それから』の前に書かれた『三四郎』に次のような文章があることは、前の章で指摘した。

けれども田舎者だから、この色彩がどういう風に奇麗なのだか、口にも云えず、筆にも書けない。（二章）

改めて確認すれば、語り手が読者に向けて直接介入するようなこうした記述は、『三四郎』全篇で一三ヶ所ある。その前半は〈小川三四郎は「田舎者」だからわからない〉という趣旨となっている。ところが、後半になると「〜だから」というようには理由が示されなくなる。小川三四郎がなぜわからないのか、その理由が読者に示されなくなるのである。したがって、読者は小川三四郎が里見美禰子に振り回されて何もかもわからなくなったといった印象を抱くようになる。『それから』の語り手は、もっと巧妙に長井代助を骨抜きにしていく。語り手の存在自体が見えにくくなっているのである。しかし、確実に顔を見せている。

誰に「実を云うと」と語っているのか

『それから』の地の文に、次のように「実を云うと」やそれに類する言葉が四回用いられている。いま、そのうちの三回について考えてみたい。はじめの例をまず引用してみよう。

実を云うと、代助は今日までまだ誠吾に無心を云った事がない。（五章）

三千代から「金策」を頼まれた代助が、兄の誠吾からそのお金を借りようとする場面である。この文章のあとに、かつて代助が芸者遊びをしすぎたときに、父には内緒で誠吾が黙って払ってくれた記述が続くのだが、その事実はここではじめて明かされる。だとすれば、語り手は何をもって「実を云うと」と読者に語りかけているのだろうか。

実家に生活の面倒をみて貰っている代助が、いまや実質的な家長となった兄の誠吾にこれまで金策を頼んでこなかったのを、不思議なことだと言いたいのだろうか。あるいは逆に、この時、代助は不思議なことにはじめて兄の誠吾を家長として頼みにしはじめたと言いたいのだろうか。いずれにせよ、この「実を云うと」には、〈これまでも誠吾に金策を頼むのは自然なことだったのに、代助はそれをしてこなかった〉というニュアンスがある。

この「実を云うと」からは、新しい家長・誠吾の姿が浮かび上がってくる。代助と長井家の物語である。そう考えると、この「実を云うと」は実に雄弁な語句となっていることがわかるが、実際にはこの「実を云うと」の機能は気づかれにくいだろう。もっと雄弁な「実を云うと」があるからだ。

二回目は、語りたいことは簡単だが、文章はやや込み入っている。代助が三千代に会って、平岡が借金をした事情を聞き出そうと考える場面である。

けれども、平岡へ行ったところで、三千代が無暗（むやみ）に洗い浚（ざら）い饒舌（しゃべ）り散らす女ではなし、よしんばどうして、そんな金が要る様になったかの事情を、詳しく聞き得たにしたところで、夫婦の腹の中なんぞは容易に探られる訳のものではない。――代助の心の底を能く見詰めていると、彼の本当に知りたい点は、却って此所に在ると、自から承認しなければならなくなる。だから正直を云うと、何故に金が入用であるかと研究する必要は、もう既に通り越していたのである。実は外面の事情は聞いても聞かなくっても、三千代に金を貸して満足させたい方であった。けれども三千代の歓心を買う目的を以て、その手段として金を拵える気はまるでなかった。代助は三千代に対して、それ程政略的な料簡を起す余裕を有っていなかったのである。(七章)

「実を云うと」は、隠していたことを明かすときに用いる語句である。「正直を云うと」や「実は」も同じである。語り手は、この一節まで何を隠していたつもりで、ここで何を読者に明らかにしようとしているのか。言うまでもなく、〈代助はもはや三千代にしか関心はない〉ということだ。ここで明らかにされるのは、代助と三千代の恋の物語である。

三回目の例を引こう。

実を云うと、代助はそれから三千代にも平岡にも二三遍逢っていた。(十一章)

三千代が白百合を買って代助を訪ねてから、代助の方から再び三千代を訪ねようとする場面である。この文章のあとには、代助が「小石川の方面」に住む平岡と三千代を、その後三回訪ねていたことが明かされている。この「実を云うと」が語るのは、〈代助はもう三千代に会わずにはいられなくなっている〉ことだ。浮かび上がるのは、言うまでもなく代助と三千代の恋の物語である。

語り手は「ここだけの話だけど」とでも言いたげに、打ち明け話をしているのである。その「実を云うと」と言い添えて語られる打ち明け話が、読者に読みの枠組を与えることになる。その端的な例が、語り手が代助の知らないこと、気づいていないことを指摘する文章である。こうした「実は」系の語り手は、機能としては「代助について考える」ような「小説的主人公」と同じだと言っていい。しかしそれは『三四郎』と比べてもかなり見えにくくなっている。だから、『それから』には「物語的主人公」しかいないように見えるのである。しかし、まったく見えないわけではない。

すでに指摘があるが（松本和也「夏目漱石『それから』を読む―遅延・媒介・反転―」『文芸研究』第一六三集、二〇〇七・三）、そうした文章が集中的に現れている一節を引いておこう。代助が平岡に、三千代のことで意見しようと試みる場面である。

「君は三千代を三年前の三千代と思ってるか。大分変ったよ。ああ、大分変ったよ」と平岡は又ぐいと飲んだ。代助は覚えず胸の動悸を感じた。
「同なじだ、僕の見る所では全く同じだ。少しも変っていやしない」
「だって、僕は家へ帰っても面白くないから仕方がないじゃないか」

「そんな筈はない」

平岡は眼を丸くして又代助を見た。代助は少し呼吸が逼った。けれども、罪あるものが雷火に打たれた様な気は全たくなかった。彼は平生にも似ず論理に合わない事をただ衝動的に云った。然しそれは眼の前にいる平岡のためだと固く信じて疑わなかった。彼は平岡夫婦を三年前の夫婦にして、それを便に、自分を三千代から永く振り放そうとする最後の試みを、半ば無意識的に遣っただけであった。自分と三千代の関係を、平岡から隠す為の、糊塗策とは毫も考えていなかった。代助は平岡に対して、さ程に不信な言動を敢てするには、余りに高尚であると、優に自己を評価していた。（十三章）

この一節全体が、代助の意識していない願いをあからさまに指摘している。松本和也が「こうした語りの言説は、代助の無意識下の可能性を示唆する働きをもち、読み手には読解コードとして機能する」と述べる通りである。この一節においては、読者は「全たくなかった」を「あった」と、「疑わなかった」を「その通りだった」と、「考えていなかった」を「そう考えていた」と読むだろう。つまり、代助は自分を偽っていると読むだろう。

こうした否定表現を用いて代助自身が気づいていない願いや欲望を炙り出す語り手のリードによって、読者は確実に代助の三千代への欲望を読むだろう。代助は余りに多くのことを知らなすぎるし、気づかずにいすぎる。そのために、松本和也が言うように、何もかもが「遅延」するのである。それが、『それから』の語り手の力学なのだ。

代助の知らない代助の欲望

『それから』の冒頭部ほどバタ臭い言説はそう多くはないだろう。そして、そこには代助の知らない代助の欲望が否定表現をともなわずに語られているのである。

> 誰か慌ただしく門前を馳けて行く足音がした時、代助の頭の中には、大きな俎下駄が空から、ぶら下っていた。けれども、その俎下駄は、足音の遠退くに従って、すうと頭から抜け出して消えてしまった。そうして眼が覚めた。
>
> 枕元を見ると、八重の椿が一輪畳の上に落ちている。代助は昨夕床の中で慥かにこの花の落ちる音を聞いた。彼の耳には、それが護謨毬を天井裏から投げ付けた程に響いた。夜が更けて、四隣が静かな所為かとも思ったが、念のため、右の手を心臓の上に載せて、肋のはずれに正しく中る血の音を確かめながら眠に就いた。
>
> ぼんやりして、少時、赤ん坊の頭程もある大きな花の色を見詰めていた彼は、急に思い出した様に、寐ながら胸の上に手を当てて、又心臓の鼓動を検し始めた。寐ながら胸の脈を聴いてみるのは彼の近来の癖になっている。

第二段落の後半を見ておこう。代助は心臓神経症であるかのように、自分の心臓の鼓動を気にしている。興味深いのは、ここで心臓の鼓動が「肋のはずれに正しく中る血の音」と表現されていることである。これは典型的な異化表現なのだ。

異化表現とは一九二〇年代にロシア・フォルマリズムが重視した表現技法で、そのものをすでに知られた馴染みのある名で呼ばずに、あたかもはじめて見るものであるかのように書く表現技法を言う。たとえば、「万年筆」を「ブルーの液体が先から出る、細長い棒」のように書くことを言う。何のことかすぐにはわからないから、読者は表現を理解するためにふだんよりも何倍も注意することになる。ロシア・フォルマリズムは、理解するのに時間がかかる書き方こそが文学表現のあり方だと考えたのである。

ちなみに、異化表現は隠喩（メタファー）とはちがう。異化表現では、指し示しているものと実際の表現とがイコール関係にある。つまり、「万年筆」＝「ブルーの液体が先から出る、細長い棒」である。一方、メタファーはイコール関係ではなく、類似関係で結ばれている。「彼女は薔薇だ」とあればメタファーだが、この場合、「彼女」と「薔薇」は「美しい」という意味において、あるいは「棘がある」という意味において、またあるいは「情熱的だ」（この場合は、暗示的意味だが）という意味において、類似関係（似ている）にある。漱石は英文学者でもあったから、英文学の研究書経由で異化表現を知っていたようで、『道草』などいくつかの小説で多用している。

ここでは、心臓の鼓動を「心臓の鼓動」という馴染みのある名で呼ばずに、「肋のはずれに正しく中る血の音」と、代助がはじめて知る音であるかのように書かれているわけだ。それが、代助の心臓の鼓動への違和感、あるいは人並み以上に神経質なまでの心臓の鼓動へのこだわりを増幅して読者に伝える働きをしている。

代助が心臓の鼓動を気にするようになったのは、「近来の癖」だと言う。ここで勘のいい読者なら、「あ、これは三千代が心臓を病んだことと関係がある」と気づくだろう。そう、この冒頭部で語られているのは、代助が自分でも気づかないうちに三千代の病んだ心臓を気にしているということである。いや端的に、代助の心臓は三千代の病んだ心臓に重ねられている。

こういう説明を聞かされると、こう思う読者もいるだろう。「そんなことは、はじめて読んだときに気づくはずはない」と。その通りだ。ロラン・バルトというフランスの批評家は「優れた小説は再読しなければならない」という意味のことを言っている。『それから』が優れた小説であるかどうかは人によって評価が異なるだろう。しかし、『それから』が読者に「再読」を求める小説であることはまちがいがないようだ。しかも、二度目は語り手の力学に注意を払いながら読む必要がある。

このあと、寝床の中で新聞を読み終わった代助が、枕元の椿をどう扱うのかを見ておこう。

> それから烟草(たばこ)を一本吹かしながら、五寸ばかり布団を摺(ず)り出して、畳の上の椿を取って、引っ繰り返して、鼻の先へ持って来た。口と口髭(くちひげ)と鼻の大部分が全く隠れた。烟(けむ)りは椿の弁(はなびら)と蕊(ずい)に絡(から)まって漂う程濃く出た。それを白い敷布の上に置くと、立ち上がって風呂場へ行った。

ちょっと気後れがしてあまりはっきり書きたくはないのだが、これはまるで初夜のベッドシーンのようだ。「烟りは椿の弁と蕊に絡まって漂う程濃く出た」。この文字の連なりが、椿が女性器のメタファーであることを雄弁に物語っている（漱石の知っていた英文学、特に詩では花が女性器の比喩となることは珍しいことではない）。そして、「白い敷布」の上に置かれた（たぶん）赤い椿の花。椿は処女だったのだろう。ことを終えた代助は「立ち上がって風呂場へ行った」。そんな風に読める。

代助は、アマランスの交配をし（四章）、鈴蘭を生け（十章）、薔薇の香りの中で眠る（十二章）。縁側で君子蘭と戯れるところなどはマスタベーションそのものだと言ってもいい（八章）。代助は花と戯れる男なのである。もちろん、代助は自分のしたことの意味を知らない。代助が何を求めているのかは、再読した読者だけが知っている。いや、まだほかにも知っているものがいる。三千代である。三千代は、代助の無意識の体現者なのである。

代助が何を抑圧しているかは、別の場面でみごとに語られている。心臓の鼓動を気にしながら、風呂に入る場面である。

湯のなかに、静かに浸っていた代助は、何の気なしに右の手を左の胸の上へ持って行ったが、どんどんと云う命の音を二三度聞くや否や、忽ちウエバーを思い出して、すぐ流しへ下りた。そうして、其所に胡坐をかいたまま、茫然と、自分の足を見詰めていた。するとその足が変になり始めた。どうも自分の胴から生えているんでなくて、自分とは全く無関係のものが、其所に無作法に横わっている様に思われて来た。そうなると、今までは気が付かなかったが、実に

見るに堪えない程醜くいものである。毛が不揃に延びて、青い筋が所々に蔓って、如何にも不思議な動物である。（七章）

三千代が上京してから、少なくとも代助は三度赤坂の馴染みの芸者の所で遊んでいる。

一度は、上京した平岡夫婦が代助の世話で新居を構えた、その日の夜だ（五章）。引っ越しの片付けの途中に姿を消してしまった代助に、翌日、門野がこう話しかけている。「昨夕は何時御帰りでした。（中略）全体何時頃なんです、御帰りになったのは。それまで何所へ行っていらしった」と。もちろん、代助は話をそらす。いつ帰ったかも、どこへ行ったかも言えないようなところに行っていたからだ。

二度目は、「佐川の娘」と見合いをさせられた晩のことである（十一章）。代助が数寄屋橋で、自宅のある神楽坂とは逆方向の「赤坂行」の電車に乗り換えるのでわかる。三度目は「彼はその晩を赤坂のある待合で暮らした」（十三章）とはっきり書いてある。これは、三千代に「紙の指環」だと言って生活費を渡した、その残りのお金でだった。

心臓を病んでいる三千代は、性生活ができない。だから、平岡の放蕩がはじまったのである。そこで、代助は椿とメタファーの初夜を行い、花の交配をして表向きは満足している。しかし、代助の性慾は彼自身にも統御できない。だから、赤坂に行く。風呂の場面で自分の足が醜く見えるのは、代助が下半身を抑圧しようとしている証にほかならない。しかし、抑圧した無意識は回帰する。花となった三千代の姿をして。三千代は代助の無意識の表象なのだ。

『それから』の語り手は、代助の知らない代助を容赦なく暴き出す。しかし、『それから』の語り手が暴くのはそれだけではない。近代という時代そのものが暴き出されるのだ。それが『それから』という小説に託された、漱石の『現代日本の開化』だったのである。

「隠居」を考える長井得

『それから』の第三章に、代助の父・長井得の経歴をごく短く紹介した一節がある。

代助の父は長井得といって、御維新のとき、戦争に出た経験のある位な老人であるが、今でも至極達者に生きている。役人を已めてから、実業界に這入って、何かかにかしているうちに、自然と金が貯って、この十四五年来は大分の財産家になった。

安岡章太郎のすぐれた志賀直哉論には、『それから』の代助と志賀直哉とを引き比べて論じたところがある。安岡は、この一節を引用したあと、こう述べている。

これは夏目漱石の『それから』の一節だが、漱石は明治の新しいインテリ青年代助を描くのに、多分に当時の白樺派の同人たちの言動を下敷にしている形跡があり、代助の父親や育った家の有様はそのまま志賀氏や里見氏に当てはまりそうだ。要するに彼等は、士族という藩政時代の知識階級から明治の利益社会の中産階級にウマく移行し、資本主義興隆の波に乗って首尾よくブルジョワジーの一員にのし上った人たちの息子である。いわば彼等の一人一人の家庭に、産業資本主義社会生成期の歴史が反映しているわけであり、漱石が彼等に注目して、その内部に急激な社会の変革が残して行った爪痕を認めたのは、それが後進国の近代化にともなう必然の病状だと考えたからであろう。（「志賀直哉私論」『安岡章太郎エッセイ全集Ⅳ　小説家の小説論　志賀直哉私論』読売新聞社、一九七六・二）

いわば白樺派の感性を「後進国の近代化にともなう必然の病状」と言うところに、安岡の論点の中心がある。「国家」を背負った明治の第一世代と、「自分」（白樺派の作家が好んで用いた一人称）を中心に据えた明治の第二世代である白樺派の違いをふまえた鮮やかな指摘だ。

安岡は代助を「明治の二代目」と呼んで、父子の対立は「必ず家族制度そのものに触れてくる」ととらえている。そして「志賀氏は、いってみれば自分自身が内部に〝家〟を抱えており、それは父親と争うときのエネルギー源でもあった」とも言うのは、代助を考える上でとても興味深い。『それから』（明治四二年に「朝日新聞」に掲載）の現在である明治四〇年代は、まさに明治の一代目が隠居するか死亡するかして、明治三一年に施行されたいわゆる明治民法の規定に則って遺産相続が行われた時期に当たるからである。

明治民法には、家長が生きているうちに家督を長男に譲る「隠居」の規定があった。家長が満六〇歳となること、「完全ノ能力ヲ有スル家督相続人カ相続ノ単純承認ヲ為スコト」（いずれも第七五二条）という二つの条件が充たされれば可能だった。戦前においては、「隠居」は「楽隠居」

などという言葉の綾などではなく、明治民法上の規定だったのである。幕末に兄と共にある武士を斬り殺し、「御維新のとき、戦争に出た経験のある」長井得は、明治四二年ならば六〇歳を超えているはずだ。長男の誠吾に問題はなさそうで「完全ノ能力ヲ有スル家督相続人」と言っていいだろう。長井家ではこの二つの条件が充たされた時期だったのである。
長井得は、佐川の娘との縁談の話を進める要因を次のように挙げている。

その時父は頗る熱した語気で、先ず自分の年を取っている事、子供の未来が心配になる事、子供に嫁を持たせるのは親の義務であると云う事、嫁の資格その他に就ては、本人よりも親の方が遥かに周到な注意を払っていると云う事、他の親切は、その当時にこそ余計な御世話に見えるが、後になると、もう一遍うるさく干渉して貰いたい時機が来るものであるという事を、非常に叮嚀に説いた。（九章）

長井得は代助に、「健康の衰えたのを理由として、近々実業界を退く意志」（十五章）があるとも伝えている。おそらく長井得は「隠居」を考えているのである。繰り返すが、だからこそ、新しく家長となる長男の誠吾に明治民法が規定する扶養の義務を負わせないように、代助に財産家の佐川の娘との縁談を考えたのであり、代助が家長の承認がなくとも自由に結婚できる三〇歳になることを気にしているのだ。父子ならともかく、誠吾が弟の代助まで扶養するのは重荷だろうし、代助も気が引けるだろう。これは長井得なりの親心だと言っていい。

重要なのは、こうしたことがすべて明治民法の規定に沿って考えられ、行われていることである。『それから』は、さまざまな意味において明治民法小説だと言っていい。この文脈の中に、少し前に引いた「実を云うと」を使った文をもう一度置いてみよう。

実を云うと、代助は今日までまだ誠吾に無心を云った事がない。（五章）

これは、三千代から「金策」を頼まれた代助が、兄の誠吾からそのお金を借りようとする場面だった。この「実を云うと」には〈これまでも誠吾に金策を頼むのは自然なことだったのに、代助はそれをしてこなかった〉というニュアンスがある、と言った。なぜ「それをしてこなかった」のかが、いまはよくわかる。父の得がそうであるように、代助も近い将来家長になることが決まっている兄の誠吾には遠慮があったのだろう。この「実を云うと」が、代助と長井家との関係を浮かび上がらせるゆえんである。

父の批判者としての代助

代助はいま、父の長井得を旧時代の遺物のように批判的に見ている。三年前に三千代と平岡の仲を取り持ったときにはこの父の道徳観に感化されていたが、いまはそうした古い道徳観からはすっかり抜け出したというように、代助という人物は読まれているだろう。

佐藤泉は、「父の語る物語は細部に至るまでひとつの大きい意味に保証され、統一されている」

が、それは「父個人のものでなく一定の社会構成体のものである物語」(「『それから』――物語の交替――」『季刊 文学』岩波書店、一九九五・一〇)だと述べている。慧眼と言うべきである。たとえば、長井得は代助をこういう言葉で説諭するのである。

「そう人間は自分だけを考えるべきではない。世の中もある。国家もある。少しは人の為に何かしなくっては心持のわるいものだ。御前だって、そう、ぶらぶらしていて心持の好い筈はなかろう。そりゃ、下等社会の無教育のものなら格別だが、最高の教育を受けたものが、決して遊んでいて面白い理由がない。学んだものは、実地に応用して始めて趣味が出るものだからな」(三章)

代助は「父の気に入る様にするのは、何でも、国家の為とか、天下の為とか」(九章)言っておけばいいことくらいはよくわかっている。なるほど、代助には長井得は「天下国家」に連なる言葉で自分の成功譚を語り、「士族という藩政時代の知識階級から明治の利益社会の中産階級にウマく移行し、資本主義興隆の波に乗って首尾よくブルジョワジーの一員にのし上った人たち」の一人にしか見えないようだ。だからこの説諭を聞いた代助は、「今利他本位でやってるかと思うと、何時の間にか利己本位に変っている」と感じ、嫂の梅子には「国家社会の為に尽して、金が御父さん位儲かるなら、僕も尽しても好い」と、茶化してしまうのだ。

代助も、長井得に感化された時期があったと回想している。

三四年前の自分になって、今の自分を批判してみれば、自分は、堕落しているかも知れない。けれども今の自分から三四年前の自分を回顧してみると、慥かに、自己の道念を誇張して、得意に使い回していた。鍍金を金に通用させようとする切ない工面より、真鍮を真鍮で通して、真鍮相当の侮蔑を我慢する方が楽である。と今は考えている。（六章）

この一節が、代助が平岡と三千代の仲を取り持った自分への後悔として読まれてきたように思う。しかも、代助は「この鍍金の大半をもって、親爺が捺摺り付けたものと信じている」。こうして、いまの代助はもう長井得の言説の圏内からは脱出して、その立派な批判者となったというわけだ。しかし、そう簡単に割り切れるものだろうか。

ブルジョワジー・長井代助

代助はまた、長井得の言葉をこうも受けている。

「三十になって遊民として、のらくらしているのは、如何にも不体裁だな」

代助は決してのらくらしているとは思わない。ただ職業の為に汚されない内容の多い時間を有する、上等人種と自分を考えているだけである。（三章）

代助の「上等人種」としての自己認識は特に彼の審美眼として現れているが、それは彼の「遊民」としての地位と不可分のものだった。

彼は人の羨やむ程光沢の好い皮膚と、労働者に見出しがたい様に柔かな筋肉を有った男であった。彼は生れて以来、まだ大病と名のつくものを経験しなかった位、健康に於て幸福を享けていた。彼はこれでこそ、生甲斐があると信じていたのだから、彼の健康は、彼に取って、他人の倍以上に価値を有っていた。彼の頭は、彼の肉体と同じく確であった。（十一章）

当時ダーウィニズムが科学として広く信じられていた事実を踏まえて、生方智子はこの一節を引いて、次のように意味づけている。「ここにおいて代助の「人の羨む程」の美しい身体は、彼の「健康」と関連すると同時に、彼の「頭」の確かさと並ぶものとして提示されている。（中略）代助にとっても美しい身体は健康な身体であり、それは精神の健全さを表象するものとなる」（「新しい男」の身体——『それから』の可能性——」『成城国文学』第14号、一九九八・三）と。

ここで問題となっているのは代助のセクシュアリティである。

『それから』には「進化の裏面を見ると、何時でも退化であるのは、古今を通じて悲しむべき現象だが」（二章）という一節がある。生方論文の主旨は、当時知識人の間で読まれていたマックス・ノルダウの『退化論』（世紀末芸術の退嬰ぶりを「退化」として批判するようなところのある本だったから、代助こそ「退化」していることになる）を援用して、代助が「女性化」（男性が女性化するのも「退化」とされていた）したとするところにあるが、「御白粉さえ付けかねぬ程」に「旧時代の日本を乗り超えている」（一章）代助が、当時としては「新しい男」として認識された可能性にも言及している。

代助は精神だけでなく、身体そのものが「新しい」のだ。しかしそれは、「労働者」と無縁な生活を送ることで手に入れることができた「新しさ」だった。

林圭介は当時の社会状況を調べて、「『就職』情報は、もはや「知」のみが「成功」の鍵となることはなく、「就職」こそが「成功」の証」となったことで、「『学歴』が「職業」を保証するという「知」の神話を崩壊」させたと言う。だからこそ、「代助が「遊民」として生きることは、ある意味で、「知」の表象の獲得を可能にしていた」（「〈知〉の神話——夏目漱石『それから』論」『成城国文学』第16号、二〇〇〇・三）と結論している。すなわち、代助は「遊民」という社会的な「子供」として生きることで、長井得のような「大人」を批判できる地位を確保できたのである。

父・長井得の批判者代助が父の財産で「遊民」の地位を確保できている矛盾は、これまで何度も指摘されてきた。しかし代助の存在様態は、矛盾という言葉では語り尽くせない面をも持っている。

代助は三千代から借金を申し込まれて、実家の兄誠吾から借りようとするが果たせず、結局は嫂の梅子に二百円を融通してもらって、それを三千代に渡すことになる。平岡は代助を訪ねるが、代助に水を向けられてはじめてそっけない礼を言う。平岡が帰ったあとに代助が抱く感慨は、いかにも立派な文明批評の形をしている。

平岡はとうとう自分と離れてしまった。逢うたんびに、遠くにいて応対する様な気がする。実を云うと、平岡ばかりではない。誰に逢ってもそんな気がする。現代の社会は孤立した人間の集合体に過ぎなかった。大地は自然に続いているけれども、その上に家を建てたら、忽ち切れ切れになってしまった。家の中にいる人間もまた切れ切れになってしまった。文明は我等をして孤立せしむるものだと、代助は解釈した。（八章）

印象的な一節である。これが、四例目の「実を云うと」である。平岡が自分から遠ざかっていく感覚が一般化されて、代助の孤立感の原因は「文明」にあると語っているわけだ。「実を云うと」で明かされるのは、代助が自分が抱く孤立感を文明一般の性質のように考えていることである。それにしても、なぜ「家」に関わってその孤立感を語らなければならないのだろうか。

この一節から少しさかのぼると、こういう記述にぶつかる。

平岡の家は、この十数年来の物価騰貴に伴れて、中流社会が次第々々に切り詰められて行く有様を、住宅の上に善く代表した、尤も粗悪な見苦しき構えであった。とくに代助にはそう見えた。（中略）

今日の東京市、ことに場末の東京市には、至る所にこの種の家が散点している、のみならず、梅雨に入った蚤の如く、日毎に、格外の増加律を以て殖えつつある。代助はかつて、これを敗亡の発展と名づけた。そうして、これを目下の日本を代表する最好の象徴とした。（六章）

多くの東京市民は、こうした嫌悪すべき「目下の日本」に生きている。「平岡もその一人であった」と言う。ここで働いているのは、代助の美意識である。代助のこうした感性は、いったい何を基準として生まれるのだろうか。

それは明治の一代目である父の家、すなわち青山にある代助の実家をおいてほかにはない。代助の感性には、まちがいなく長井家の財産（アレントが言う意味での財産）が組み込まれている。代助の審美眼は、長井家が近代という時代に合わせて形作ったハビトゥスだったのだ。若き日の代助が三千代の趣味の教育形だったことを考えれば、代助を誘う三千代のやり方も長井家の財産が育てたのである。それが「家」に関わって「孤立感」を語った理由だろう。これはほんの一例にすぎない。

代助は、彼と同じ階層に属する「明治の二代目」とつき合ってもいないようだ。だとすれば、先に引用した一節にある「誰に逢っても」の「誰」には、おそらく「明治の二代目」は含まれていない。明治の一代目から引き継いだ「ブルジョワジー」としての階層意識は、代助にしっかり内面化されているのだ。しかし、代助自身はそれを高級な美意識の持ち主としては意識しているが、階層意識としては十分には意識していないようだ。言い換えれば、代助の高級な美意識が、内面化された階級意識に目隠しをしているのである。

再び佐藤泉の論を引いておこう。

> 代助の美的生活が個人身体、感受性といった領域にあるとしても、その美の誕生が社会的な文脈の裏返された所産であるなら、その美を語ることは「社会的象徴行為としての物語」（ジェイムソン）である。（前出「『それから』――物語の交替――」）

代助の「健全」な身体と高級な美意識に裏打ちされた「新しさ」は、長井得の言説とコインの裏表の関係にあるわけだ。表向きがどれほどかけ離れていようとも、長井得と長井代助は二人で一人なのである。

結婚の方へ

長井得と長井誠吾と長井代助。この長井家の三人の男たちには、かなりはっきりした人生観のちがいがある。しかし、代助が思うほどちがってはいない。むしろ、ある一点において共通した人生観を持っているとさえ言うことができる。それは、結婚観である。具体的には、結婚と愛情とを結びつけるような思想にほとんど価値を見出していない点だ。

長井得は「好い年をして、若い妾を持っている」（三章）。これは妻を亡くしているようだから愛情とは直接関係がないかもしれないが、「代助から云うと寧ろ賛成な位なもので、彼は妾を置く余裕のないものに限って、蓄妾の攻撃をするんだと考えている」（同）とある以上、結婚制度と結びついていることはまちがいない。事実、代助は「妾を置いて暮す」か「芸者と関係をつける」かとは思っても、「結婚というものに対して、他の独身者の様に、あまり興味を持てなかった」（七章）という。誠吾にいたっては「そう撰り好みをする程女房に重きを置くと、何だか元禄時代の色男の様で可笑しいな」（十二章）とあっけらかんとしている。

この誠吾はどのような人物なのだろうか。中村泰行は次のようにまとめている。「誠吾は、明治維新後四十年以上経って、一定程度成熟してきた日本資本主義が生み出した、それなりの経済的合理性を身につけ始めた新しいタイプの実業家（資本家）なのである」（「漱石の「金力」批判と近代日本の資本家像――『それから』を中心にして――」『民主文学』二〇一〇・三）と。誠吾は「主義」や「主張」や「人生観」などは「これっぱかりも口にしない」（五章）のだから、このまとめは妥当なところだろう。

「ある意味で、代助は、月々渡される金の額で、「近付のある芸者」との関係を含めた、日々の生活から性までをも緩やかに管理されていたと言ってよい」と、かつて書いたことがある（拙著『漱石入門』河出文庫、二〇一六・九）。中村泰行は、三千代とのことを知った誠吾の、次のような言葉に注目している。

「御前だって満更道楽をした事のない人間でもあるまい。こんな不始末を仕出かす位なら、今まで折角金を使った甲斐がないじゃないか」（十七章）

なるほど、興味深い言葉だ。中村泰行は、これを「誠吾は「道楽」は「不始末」ではなく、むしろ個人主義的恋愛の方が「不始末」だと考えている」と意味づけている。そして、誠吾が「金を使」って代助の「道楽」を「日常化」したのは、代助を「個人主義の恋愛観から遠ざけておく」ことで、こうした「不始末」を犯さないようにするための「必要経費」だったとまで言うのだ。「それなりの経済的合理性」とは、こういうことをも指している。

しかし三千代への「愛」を語る代助は、ロマンティック・ラブ・イデオロギーを生きてしまった。ロマンティック・ラブ・イデオロギーとは、恋愛とセックスと結婚を三位一体とすることで、恋愛をしてセックスをしたら結婚するのが当然と思い込ませる思想である。自由恋愛が家制度を壊さないようにする制度だと言っていい。特に恋愛感情と結婚を結びつけることは、家制度にとって最も大切な戦略だった。代助が花のイメージの中でセックスを行っていることは前に説明した。三千代を愛して「物質上の責任」を語る代助が、三千代との結婚を望んでいることは明らかだ。そして、それを制度として裏づけたのが明治民法だったのである。

歩きたいから歩く。すると歩くのが目的になる。考えたいから考える。すると考えるのが目的になる。それ以外の目的を以て、歩いたり、考えたりするのは、歩行と思考の堕落になる如く、自己の活動以外に一種の目的を立てて、活動するのは活動の堕落になる。(十一章)

あまりにも有名な一節。しかし、このように「国家の為」や「天下の為」を否定した代助が、三千代との結婚のためにいい「職業」（十七章）を探しに行く。代助は明治民法という家族国家観を体現した法とその権力にみごとに搦め捕られたのだ。代助の感性は明治民法の思想そのものだった。これが、長井家の財産に育てられた代助と三千代が「自然の昔」（十四章）を手に入れることとの、そして二人の自由恋愛の結末だった。これほど痛烈な近代批判がほかにあるだろうか。「三千代の恋の物語」と「次男坊・代助の物語」が交わるのは、この一点においてである。

新潮選書

漱石と日本の近代（上）

著　者………………石原千秋

発　行………………2017年５月25日

発行者………………佐藤隆信
発行所………………株式会社新潮社
〒162-8711 東京都新宿区矢来町71
電話　編集部 03-3266-5411
　　　読者係 03-3266-5111
http://www.shinchosha.co.jp
印刷所………………大日本印刷株式会社
製本所………………株式会社大進堂

乱丁・落丁本は、ご面倒ですが小社読者係宛お送り下さい。送料小社負担にてお取替えいたします。価格はカバーに表示してあります。
©Chiaki Ishihara 2017, Printed in Japan
ISBN978-4-10-603805-1 C0395

秘伝 中学入試国語読解法 石原千秋

気鋭の漱石研究者が息子とともに中学入試に挑む。塾選び、志望校選び、そして最先端の文学解析法を駆使した革命的な国語読解の秘法。その秘伝を初公開！ 《新潮選書》

学生と読む『三四郎』 石原千秋

ある私大の新学期、文芸学部「鬼」教授の授業に十七人の学生が集まった。「いまどきの大学生」が文学研究の基本を一から身につけていく一年間の物語。 《新潮選書》

秘伝 大学受験の国語力 石原千秋

「受験国語」は時代を映す鏡である！ 戦前から二〇〇六年までの問題を分析し、入試で求められる正答力とは何かを徹底解明。明快な実践的読解法も伝授する。 《新潮選書》

漱石はどう読まれてきたか 石原千秋

百年で、漱石の「読み方」はこんなに変わった……。同時代から現代まで、漱石文学の「個性的な読み」の醍醐味を大胆に分析するエキサイティングな試み。 《新潮選書》

漱石とその時代（I〜V） 江藤淳

日本の近代と対峙した明治の文人・夏目漱石。その根源的な内面を掘り起こし、深い洞察と豊かな描写力で決定的漱石像を確立した評伝の最高峰、全五冊！ 《新潮選書》

英語教師 夏目漱石 川島幸希

漱石は英検何級かご存知？ 現役東大生との英語実力比較、学生時代の英作文、漱石の授業風景などを交えつつ、懸命に生徒を教えた教師漱石の姿が甦る！ 《新潮選書》

身体の文学史　養老孟司

芥川、漱石、鷗外、小林秀雄、深沢七郎、三島由紀夫——近現代日本文学の名作を、解剖学者ならではの「身体」という視点で読み解いた画期的論考。

《新潮選書》

三島由紀夫と司馬遼太郎
「美しい日本」をめぐる激突
松本健一

ともに昭和を代表する作家でありながら、あらゆる意味で対極にあった三島と司馬。二人の文学、思想を通して、戦後日本のあり方を問う初めての論考。

《新潮選書》

春本を愉しむ　出久根達郎

歴史上の有名人がモデルとなり、文豪が愛読し、高名な学者が書いていた。禁書指定を免れるための「暗号春本」など、意外なエピソード満載の春本案内。

《新潮選書》

日本語のミッシング・リンク
江戸と明治の連続・不連続
今野真二

同じ日本語なのに江戸時代と現代では、なぜこんなにも違うのか？「中間の時代」である明治期に注目し、「ことば」が変っていく現場を探る——。

《新潮選書》

日本・日本語・日本人　大野晋　森本哲郎　鈴木孝夫

日本語と日本の将来を予言する！英語第二公用語論やカタカナ語の問題、国語教育の重要性などを論じながら、この国の命運を考える白熱座談二十時間！

《新潮選書》

歴史を考えるヒント　網野善彦

「日本」という国名はいつ誰が決めたのか。その意味は？関東、関西、手形、自然などの言葉を通して、「多様な日本社会」の歴史と文化を平明に語る。

《新潮選書》

世界文学を読みほどく
スタンダールからピンチョンまで【増補新版】
池澤夏樹

「世界が変われば小説は変わる」——稀代の読み手にして実作者が語る十大傑作。京大講義にメルヴィル会議の講演録を付した決定版。池澤版文学全集の原点。

《新潮選書》

書に通ず
石川九楊

書とは何か。その美とは何なのか。その魅力はどこにあるのか。文字の起源から現代の前衛書までを、独自の視点から鋭く分析し、鮮やかに解き明かす。

《新潮選書》

説き語り 日本書史
石川九楊

空海の書の奇怪な表現が意味するものは？「白氏詩巻」はなぜ日本文化の精髄なのか？俊成が書にもたらした革命とは？ 一読でわかる日本の書の歴史。

《新潮選書》

とりかへばや、男と女
河合隼雄

男と女の境界はかくも危うい！ 平安王朝の男女逆転物語『とりかへばや』を素材に、深層心理学の立場から「心」と「身体」の〈性〉を解き明かす。

《新潮選書》

万葉びとの奈良
上野誠

やまと初の繁栄都市、平城京遷都から千三百年。天皇の存在、律令制の確立、異国との交流がもたらしたものは。万葉歌を読みなおし、奈良の深層を描きだす。

《新潮選書》

貨幣進化論
「成長なき時代」の通貨システム
岩村充

バブル、デフレ、通貨危機、格差拡大……なぜ「お金」は正しく機能しないのか。「成長を前提としたシステム」の限界を、四千年の経済史から洞察する。

《新潮選書》

貨幣の思想史
―お金について考えた人びと―

内山節

貨幣の魔力とは何か――重商主義のペティ、重農主義のケネーからマルクス、ケインズまで、「貨幣」という大問題に直面した経済思想家の貨幣論を読む！
《新潮選書》

自由の思想史
市場とデモクラシーは擁護できるか

猪木武徳

自由は本当に「善きもの」か？　古代ギリシア、啓蒙時代の西欧、近代日本、そして現代へ……経済学の泰斗が、古今東西の歴史から自由社会のあり方を問う。

《新潮選書》

漢字世界の地平
私たちにとって文字とは何か

齋藤希史

漢字はいつどのようにして漢字となり、日本人はこの文字をどう受けとめてきたのか？　甲骨文字から言文一致へ、漢字世界のダイナミズムを解き明かす。

《新潮選書》

北村薫の創作表現講義
あなたを読む、わたしを書く

北村薫

「読む」とは「書く」とはこういうことだ！　小説家の頭の中、胸の内を知り、「読書」で自分を深く探る方法を学ぶ。本を愛する読書の達人の特別講義。

《新潮選書》

大人のための偉人伝

木原武一

伝記は大人が読んでこそ面白い――シュワイツァー、ナイチンゲール、ヘレン・ケラーなど、十人の偉人の生涯を読み直し、その効用を説くユニークな一冊。

《新潮選書》

続　大人のための偉人伝

木原武一

大人でなければわからない「人生の機微」があるように、子供には味わえない伝記の楽しみがある――ソロー、マルクス、福沢諭吉など九人の生涯を再読、味読する。

《新潮選書》

天才の勉強術　木原武一

天才は勉強が好きだった。なぜか――。少年時代に「学ぶ楽しさ」を知った九人の天才の生涯を「勉強のしかた」という視点からとらえたユニークな評伝！

《新潮選書》

謎とき『罪と罰』　江川卓

主人公はなぜラスコーリニコフと名づけられたのか？ 666の謎とは？ ドストエフスキーを本格的に愉しむために、スリリングに種明かしする作品の舞台裏。

《新潮選書》

謎とき『カラマーゾフの兄弟』　江川卓

黒、罰、好色、父の死、セルビアの英雄、キリスト。カラマーゾフという名は多義的な象徴性を帯びている！ 好評の『謎とき「罪と罰」』に続く第二弾。

《新潮選書》

謎とき『白痴』　江川卓

ムイシュキンはキリストとドン・キホーテのダブル・イメージを象徴し、エパンチン家の姉妹はギリシャ神話の三美神に由来する。好評の謎ときシリーズ第三弾。

《新潮選書》

謎とき『悪霊』　亀山郁夫

現代において「救い」はありうるのか？ 究極の「悪」とは何か？ 新訳で話題の著者が全く新たな解釈で挑む、ドストエフスキー「最後にして最大の封印」！

《新潮選書》

謎ときガルシア＝マルケス　木村榮一

現実と幻想が渾然と溶け合う官能的で妖しい世界――果して彼は南米の生んだ稀代の語り部か、壮大なほら吹きか？ 名翻訳者が解き明かす世界的文豪の素顔。

《新潮選書》